White People are *Black*, Chinese are also *Black*

Encyclopedia black skin in beautiful,
Africa is pregnant of all of us again

AF116896

A.D.I BOOKS
YESHUA, BLACK JESUS, F.F

BLUEROSE PUBLISHERS
India | U.K.

Copyright © Yeshwa Black Jesus 2024

All rights reserved by author. No part of this publication may be reproduced, stored in a retrieval system or transmitted in any form or by any means, electronic, mechanical, photocopying, recording or otherwise, without the prior permission of the author. Although every precaution has been taken to verify the accuracy of the information contained herein, the publisher assume no responsibility for any errors or omissions. No liability is assumed for damages that may result from the use of information contained within.

BlueRose Publishers takes no responsibility for any damages, losses, or liabilities that may arise from the use or misuse of the information, products, or services provided in this publication.

For permissions requests or inquiries regarding this publication, please contact:

BLUEROSE PUBLISHERS
www.BlueRoseONE.com
info@bluerosepublishers.com
+91 8882 898 898
+4407342408967

ISBN: 978-93-5819-085-4

Cover design: Shivam
Typesetting: Namrata Saini

First Edition: May 2024

Why is Africa considered the birth of humanity?

Have you noticed that many people call Africa the motherland and yet other races don't dispute that.

Have you ever wondered why people say that Africa is the birth of humanity? Still very few speak about black people being the first people on earth, of course some have come to this conclusion, so far other races and white supremacists and those advocating the superiority of their race over the black race don't often teach and speak about the fact that the black race was here before other races, so how come other races are often considered superior when they were not even here first on Earth?

Scientists and scholars state the fact that the oldest remains of fossil bones and humans were found in Africa and that's why Africa is called the birthplace of humanity, because nowhere else has older human remains. Not coincidentally this finding also corroborates what the Bible says that the garden of Eden was in a region not known to have been inhabited by white people, therefore you can dispel the myth of a blonde white Adam and Eve, because they were black or had darker skin complexion close to that of inhabitants of the regions spoken of in the book of Genesis where the rivers of garden of Eden were, in regions close to Iraq, Iran, Sudan and Egypt, therefore start getting used to the idea that Adam and Eve were black.

Why haven't you been taught this at school?

There's a need for black people to change the career curriculum of their countries and schools to accommodate this new truth.

That is beautiful, that you have the same skin color of the first people on Earth just imagine, what a privilege.

They are supposed to be calling you sons of the highest, kings and queens.

When black people are often called monkeys by racist people, and when they try to convince you that you are inferior in your intellect and humanity; this is a lie from the pit of hell, if black people are inferior; why so many great singers, athletes dancers and even inventors have come out of black race, and why civilization started in the regions mentioned above, again most people don't know that many inventions that the whole world uses were made by black people.

Schools and education has hidden this fact from mass population and also some historians can be seen in the fact that in the attempt to hide that this civilization existed in Egypt; the faces of the pyramids and the noses have been broken by people of other races so that people don't know that the pyramids depicted black pharaohs, a black civilization existed as many inventions and the beginning of astronomy, mathematics, architecture, organized schools and governments were found in Africa and the middle east, way before these existed in Europe, Asia or other countries.

Scientists have discovered that all humans share a common ancestry with people who lived in Africa between 150, 000 and 200,000 years ago. To some, Botswana is the most likely location of the Garden and where humans originated according to some research others point to Mesopotamia as well as the other places mentioned.

The thought of a dark skin Jesus still scares people even though it resembles and has historical backing.

A black couple with white babies.

Ben and Angela Asheboro and their other two children were black, but their newborn daughter looked nothing like their race. Instead, the baby daughter they named Nmachi, was born blue-eyed, blonde, and white.

Therefore, it's completely conceivable that all races could come out of a black Adam and Eve, also because there are reports of black Asian people to have been found, of non-African descent, demonstrating that all races can come from black.

For original Asian blacks: an exonym of these peoples are *Negritos*, name given to them by Spanish missionaries in the Philippines. However, "Negrito" people of Asia are not usually related to one another and are often more closely related to surrounding populations than to Negritos in another country. There are exceptions (in the case of Taiwanese aboriginals)

Most black people live in Africa.

Nigeria is the most populous country in Africa and the seventh most populous country in the world with over 211 million residents (2020). Nigeria is projected to be the world's third most populous country by 2050.

The United States has more black residents than any other country not on the African continent, is home to over 46 million black people, 58% of which live in the South. To the north, Canada is home to about 1, 200, 000 black people.

It's about to become night, it's about to become real dark, caramel, and chocolate. Let's pinpoint that due to migration from Mexico and other countries the minorities are projected to grow and outnumber the non-whites in USA.

While under 18 non-Hispanic white Americans in the US. are already a minority as of 2020, it is projected that non-Hispanic Whites overall will become a minority within the US by 2045.

United Kingdom, France, Italy, and Spain report black populations of over 1 million, while Central and Eastern Europe have a comparably low number of black residents. In Asia, Russia has the highest black population: 120, 000. Also, the pinpoint that many white families tend to have less kids, this is creating an aging population specially in Europe, while non-whites who tend to have more kids, thus increasing the number of blacks in the world.

Black people with traits from other races are known.

The Melanesians are black people with blonde hair, live in islands in Oceania. The Latino race also is a mixture of black.

Black people with blue eyes have also been found, when they suffer from eye color albinism, and taking to account that black albinos get skin cancer more easily and white people also get skin cancer more easily, what both have in common is the lack of melanin, we can therefore assume that the white color race is a version of black color with less melanin and some degree of albinism therefore could be disputed that the race called white are a form of albino blacks.

The number of black people in the world is over 1. 2 billion.

Countries away from the African continent with the most black people:

United States (46, 350, 000)

Brazil (15, 000, 000)

Haiti (9, 925, 000)

Colombia (4, 944, 000)

France (4, 500, 000) including French territories.

Venezuela (3, 743, 000)

Jamaica (2, 510, 000)

United Kingdom (1, 904, 000)

Mexico (1, 386, 000)

Canada (1, 200, 000)

Dominican Republic (1, 138, 000)

Cuba (1, 127, 000)

Ecuador (1, 120, 000)

Italy (1, 159, 000)

Spain (1, 191, 000)

Africa in the bible.

Moses in the Bible had a woman from Kush, also an Ethiopian army is mentioned multiple times as well.

2 Chronicles 16:8 - Were not the Ethiopians and the Lubims a huge host, with very many chariots and horsemen? yet, because they didn't rely on the LORD, he delivered them into thine hand.

Jesus was not a white person, don't be fooled by the current illustrations and paintings of a white virgin Mary with a white baby, people have taken over the truth and distorted it, the statues you see of both Jesus and Mary are not accurate, the Messiah looks a lot darker than what they show in movies or books. Don't forget that Jesus and his parents hid in Egypt, where is not known to have majority white people, they would hide in a place where people look like them so they could not be easily discovered.

Matthew 2. 14 When he arose, he took the young Child and His mother by night and departed for Egypt, 15 and was there until the death of Herod, that it might be fulfilled which was spoken by the Lord through the prophet, saying, "Out of Egypt I called My Son.

The original Israelites are also said to be black.

The original Israelites and Hebrews are also said to be black.

These are the rivers that the Bible says we're in the location of garden of Eden.

10 A river watering the garden flowed from Eden; from there it was separated into four headwaters. **11** The name of the first is the Pishon; it winds through the entire land of Havilah, where there is gold. **12** (The gold of that land is good; aromatic resin[a] and onyx are also there.) **13** The name of the second river is the Gihon; it winds through the entire land of Cush. [b] **14** The name of the third river is the Tigris; it runs along the east side of Ashur. And the fourth river is the Euphrates. Genesis 2. 20 (10-17)

The rivers in the garden of Eden seem to have extended to the land of Kush, known to the ancient Egyptians mainly as Kush, the territory of the ancient Cushites covered the northern and southern regions of present-day Sudan and Egypt, respectively, and is to be distinguished from the modern nation of Ethiopia, which lies further south in the extremities of Africa, therefore it is safe to assume that if

Adam and Eve lived in Rivers surrounding these areas they were more likely dark skin people.

I guess that's why Satan hates black so much because of their origins as the original people?

"In 1996, 9 Geneticists discovered that Black Africans possessed more DNA series than any other group on earth, they have 9 DNA series while Europeans have only 6, the more DNA series you have, the greater your potential for genius according to some people.

While some claim that the paper mentioned only looked at evidence in the human genome for the "out of Africa" model of human evolution where all non-African human populations descend from a common *Homo sapiens* ancestor that evolved in Africa.

A scientific discover has been found that all humans descended from one person.

In human genetics, the Mitochondrial Eve (also mt-Eve, mt-MRCA) is the matrilineal most recent common ancestor (MRCA) of all living humans, she is defined as the most recent woman from whom all living humans descend in an unbroken line through their mothers and through the mothers of those mothers, back until all lines converge on one woman.

In geographical terms, a new study argues that an oasis, known as the Makgadikgadi–Okavango wetland, was a home, for the ancestral "homeland" of all modern humans today.

Researchers studied mitochondrial DNA—genetic material stored in the powerhouse of our cells that is passed from mother to child of current residents across southern Africa, they layered the genetic data with an analysis of past climate and modern linguistics, as well as cultural and geographic distributions of local populations.

Results suggest that shifts in climate allowed branches of the ancient population to spread from out the wetland to greener zones, thousands of years later, a small population of these wanderers' kin left Africa and ultimately inhabit every corner of the world.

"We all came from the same homeland in southern Africa," says Vanessa Hayes of the Garvan Institute of Medical Research in Australia, who led this new research

If you watch black people with vitiligo or black albino their skin becomes literally white.

In physics and on the light spectrum, black is the absence of color. However, in art, black is the presence of all colors. Even in Australia you can find black aborigines, we are all over the globe.

Scientific evidence black is the only color to all colors.

Are white people white?

Some resemble more pink or a pale color which is not really white, so they have to start being called as such, if you get a sheet of paper which is white and compare it to the skin of a white person they are not the same.

Alternative energy source

Africa's lack of infrastructure presents a great opportunity to avoid the mistakes made by Western countries in over building with non-energy efficient material, therefore Africa can develop new architecture that costs less and uses energy effectively, building houses based on cheaper and different materials that can accommodate solar energy and new fuels, and even reusable material.

Discoveries

The holy spirit and God have been outpouring in Africa creative ideas, they'll be a lot of new inventions that will come out of Africans, also new minerals will be found and this will shock the world, this is God's way of compensating for the injustice and outward depletion that Africa and its resources have been suffering, Africa's resources will never run out and they'll keep finding more and more new minerals in the ground.

Ghost cities and towns in Africa have to be restructured, such as Kolmanskop.

Scientists

Africa must find a way to patent its own inventions and protect its scientists, as worldwide many who have discovered alternative energy forms and cure for diseases have mysteriously died.

Zimbabwean inventor who claim to have gotten the idea in a dream from God (of the Bible), invented a self-powered television that needs no electricity, uses radio frequencies and doesn't need to be recharged because it charges itself, yet the Western world has not been allowing him to patent, if he doesn't they will copy, just like in the past many African ideas and inventions were stolen and often attributed to people of other races.

Maxwell Chikumbutso, from Zimbabwe, is a self-taught engineer who dropped out of school at age 14. He is known for having developed a green energy technology which, he asserts, is revolutionary because it converts radio frequencies directly into clean and renewable energy. He affirms that he could not patent his work because he was told that his discovery violates the laws of physics!

Source: SABC NEWS

Maxwell Chikumbutso's Saith Technologies manufactured the first prototypes that use his outstanding technology. He made the first electric car vehicle in the world that converts radio frequencies into energy. In other words, his electric car does not have a recharging system due to perpetual motion; thus, zero emissions. Only pure energy.

Measures have to be taken to stop the brain drainage from Africa, a system of scouting creative talents from a young age: beginning in kindergarten, people with creative tendencies can be explored for inventions, to receive grants plus access to education and direction in the work areas needed for their creations to materialize commercially. Also, by the allocation of prizes and diplomas and the creation of a center for creators in every country and school.

The revenues and royalties of inventions made by Africans must revert to Africa in the way of fixed local investments and salaries.

Depiction of Africa as a poor continent.

Some people still think that Africa is a country, not knowing that there are 55 countries in Africa, others just say "I come from Africa" instead of naming in the country they come from, others think that Africans live with lions in trees and bushes and have tails. While some blacks seem to have shame to identify themselves as such when they are amongst their non-black friends, shame on you.

Africa has 11.7 million square miles, and over 67 major rivers, with near 2000 languages that some refer to as dialects and at least 75 languages with at least one million speakers each, African languages were considered dialects, and European dialects were given to Africans and convinced to call them languages, dialects such as Portuguese, English French, etc.

Africa is beautiful, Africa is rich and the future is in Africa. Learn to bless Africa with your words because our words have power to change our environment. Say "Africa is a very prosperous continent", we have often been taught to say and think otherwise and international media often portrays Africa in a bad light, not only that, black people are often portrayed in a derogatory manner in society, in movies, in history books on TV, because wicked people and Satan knows that if you get convinced of something long enough then you'll become that. If music can convince you that you are no good, that you are a prostitute, that you are a killer, a negro or a nigga, a thug, soon enough you act to become that.

Looking at yourself in the mirror

Look at yourself as beautiful and don't be ashamed of your facial features: your hair, your nose, your lips, learn to see your race as beautiful. Don't feel offended if somebody is making fun and saying you have nappy hair or broad nose. Think about how many hairstyles you can do with your hair, your natural hair is beautiful. Don't forget that black skin ages more gracefully, we are durable and resistant.

What does a nigga really mean?

Why do most people get offended by a word that they don't even know what it means?

Most times people just call you a *negro* because you get offended, if you stop getting offended people will stop calling you, I recall once a person of another race told me: "Is it because you are black?" in an offensive way, I basically didn't even take notice and just proceeded to tell him "All I want is my recordings" because I was in the studio and he had some of my productions, so I completely ignored the fact that he was calling me black, he felt very disarmed because that was the only weapon he wanted to use against me. I am black and proud and also remember you can always reply to a white person that "you look like a snowman" or "toilet paper is white" but in fact most people that call themselves white or not even white or most closely pink or some other pale color.

At some point Blacks were exhibited in zoos by other races.

If someone calls you a monkey because you're dark you can reply "polar bear", because they're light skinned, but the point here is not to call each other names, but to teach you not to feel inferior when somebody addresses the color of your skin, if blacks came from monkeys so would non-blacks.

The Bible says God had a bronze look and color of Jasper stone therefore God is brown reddish which is considered black.

Head lice seem to be more common in Caucasians, Hispanic, and Asian American people than in African American people. For example, fewer than 0. 5% of African-American schoolchildren experience head lice compared with about 10% of schoolchildren of other races

Know that slavery has not always been whites on blacks but has also been the other way around, and both are wrong: no one race should enslave another. It was estimated that white slaves in Moorish servitude reached 1. 2 million by 1780, the moors black people enslaved whites.

But the point of this book is to teach you to be proud of our color, not to be racist, I personally have Caucasian friends that are like brothers and let's not forget that there are many white Africans today too, not only that I have Latino, Asian and Indian friends.

But white Africans have to learn that they cannot think just because of their color and the history that they have to be regarded as a higher social status and get priority in job opportunities and ownership over the black counterparts that are the real natives of the land, they shouldn't have special treatment and of course it's not fair that in countries like Zimbabwe and South Africa the larger portion of land and business is owned by a minority of whites in a country that is mostly black, you rarely see white beggars in Africa

The same goes for Chinese and other races that take over priority positions in Africa to subjugate the majority of the owners of the land.

For instance a lot of Africans that migrate all over; let's take Portugal as an example are subjugated to cleaning jobs and restaurants meanwhile Portuguese that migrate to Mozambique they'll be directors executives, the white, Chinese or any other race privilege over the black people has to stop.

Usually, the race that is predominant in one country is different form the one that is ruling it, and that is not fair, Africans must concentrate the power and the hands of black people.

Blacks have also to be aware that many leaders who married people from other races have not been able to favor their black race because they're married to somebody from a different race, and they have compromised.

Sometimes your white friends will tell you:" you are just like us" or they'll tell you "you're not black", because when they get to know you, they don't see you as black because they have associated black with certain attitudes that you don't have, this is not a compliment.

As a general rule a black man with a white wife is seen as more desirable to occupy a leadership job in a white country rather than a black man with a black wife, many African leaders have fallen victim of that in interracial marriage. You don't see western leaders married to people from different races especially black people, there's a reason for that, also seldom you see a white person with power marry a black person. Why is that?

Just like the tactic of employing a black person to be able to exercise racism through that black person against another black person, knowing that the accusation of racism becomes a non-issue has been happening, even in slavery this was done, this is called "*The uncle Tom syndrome*".

To maintain white supremacy, racial hate groups which is not advised arose. In history the (KKK) Ku Klux Klan has been a group of people who considers themselves white and dresses in white (European Americans), that has been associated with killing black people.

The black Panthers were a group of black people that dressed in black that aimed to fighting back.

In more recent history movement such as the *black lives matter* and white lives matter have been in the opposed ends of spectrum of their respective races.

Political parties have fought for Africa's liberation from colonialism and even apartheid (a system of white oppression in South Africa) with the legendary leader of the A. N. C Nelson Mandela who was incarcerated for 27 years for fighting against the latter, the M. P. L. A in Angola Sam Nujoma in Namibia with political SWAPO.

Recently Julius Malema of economic freedom fighters another party in South Africa, have opposed this time not the white power structure but the new black governments claiming bad managing of the country and resources, when movement such as UNITA led by Jonas Savimbi who was in a bloody civil war until 2002 in Angola until his death, and more recently leaders such as Aldalberto Costa Junior and Abel Chivukuvuku, many claim that Africa has got the rid of colonialism but not of poverty and neo colonialism.

Whites in South Africa still own the majority of the land, even though they are minority in the country, black is still the color most associated with poverty. Similarly in Zimbabwe Robert Mugabe aimed to end this disparity in racial land distribution and poverty, but suffered sanctions from Western powers that derailed the economy even more.

Black leaders such as Barack Obama likewise in directorial and management positions have been given the position but no power, to serve as a puppet, a black face to clean the corporate image against accusations of racism and discrimination.

The strategy to put blacks against each other has been used for a long time creating conflicts in Africa and *coup d'état* as well as wars financed by Western countries to create instability and war in Africa.

Psychologically a war to destroy the black race is seen.

There has to be a new law to ban terminology where words for everything bad are considered black, for instance: blackmail, black day, or the wire indicating negative in the battery of a car is the black cable, these words have to be changed.

Don't forget about people who had skin cancer for bleaching their skin, or others using eye lenses to change the color and had eye problems.

Unity as a key to Africa's development.

A house divided doesn't withstand. It is essential for blacks all around the world to live as one. We have to establish a code of unity that every black person leaving within another black person within a 3 miles ratio must interact with each other and be like family, with the creation of centers of black community in every township and corner of the globe, supporting black families with financial matters advising counseling and biblical spiritual connection.

After that, the first step to be Liberated is: turn around the narrative about Africa and Africans and black people. Stop listening to music, reading articles or listening to stories and believing bad things about black people and Africa especially, don't let anyone convince you that you're not intelligent or capable of achieving, because even the Bible says "As a man thinketh so is he". You become what you think of yourself and you act what you think of yourself. So, from now on start thinking good things about you and start behaving likewise.

Your blackness is not an impediment and it definitely won't determine your destiny and your present. You are an achiever in God who put inside you all the tools to succeed if you just believe and work towards your goal. Find your vocation, your purpose, what you are good at and there you'll find your value.

Formerly there was *The house slave*. Black people must learn to unite, even in slavery there was division between blacks that allowed slavery to happen and even today our governments must learn to stick by their own people and not to sell them to foreign interest and their own private interest, the well-being of the majority must be above the individual goal of those in power.

Let's stop being the least United race and become the most United race, in organizations, in the diaspora in our native countries and everywhere Africans must unite. Because the motto *divide to conquer* has separated and weakened us for far too long, stop bowing down to other races and hate your own race and see yourselves as equal, as other races tend to marry amongst themselves more and we have to be equally coherent in marrying amongst ourselves or else we lose a step in the race for racial balance and procreation.

African communities abroad should establish the African code, meaning that every African in every part of the world if you fail to greet, feed or help create a job opportunity for a fellow African you have failed Africa.

Also if your kids were born in the diaspora and you don't manage to teach them the African mother tongue you have failed Africa.

Embassies of different countries must interconnect to make events mixing Africans and creating a network of social interaction between African countries and black people all over the world. If you are South African know that the Senegalese, the Nigerian all around the world: they are your brothers and sisters, yet we often think that colonizers are our siblings, truly we are all family, black people have to stick together.

It is important for governments to establish job opportunities for every young African from the age of 15 to have a first job opportunity, creating enough housing for everybody to be able to move in and have a family whether it be government subsidized or by any other fund created by the government.

It's important to let go of the culture of African mothers to baby their sons and daughters past the age of 18, and also to let go of the culture of having many kids and not be able to support them and then expect family members and friends to support their kids for them. A lot of women in Africa expect their brothers to support their kids.

If you don't have enough money and you don't work, don't make more kids than what you can support by yourself. A law should be created to stop this, also teach your kids that when relatives help them is not because they are obliged to do it, it is because they are sympathetic is not a duty is out of love, also teach your kids that whenever they are given something by a relative that they have to also give back to those people, teach them to be grateful from an early age and to give back whatever they take.

And even if you don't have money to give back to people, you have your services and your hands and your time to help, don't just go to people's houses just to sit and eat, be grateful, be useful.

Communication between black people.

Stop calling *bitches* and *whores* to women, and *dawgs* or *boys* to grown males, the use of derogatory language towards one another has been designed and placed in our minds and communication to make sure that we unknowingly keep each other down by vocalizing negative terms.

We are being programmed to think of ourselves as thugs boys rather than men, and women are being programmed to think of themselves as strippers and prostitutes, this has been designed by other races who control the media and even pay black entertainers to perpetuate these ways and shape our behavior and psychology towards keeping us as enslaved mentally, and not aspiring to be at the top tier of society, whether it is professional, not allowing blacks to think of themselves as capable of being lawyers, policeman, scholars, pilots or scientists, etc. Start calling each other blessed son of the most high, the Bible says *as a man thinketh so is h*e, and don't forget that when you are vocalizing something you prophesy over that person because words have power spiritually to affect the person.

A law should be passed to ban entertainers, the media and society to portray bad stereotypes about black people.

Women king is a subliminal emancipation movie, women have to be taught to be feminine not masculine.

Why do black men have to be portrayed as criminals in movies? And why in music videos do they have to be incarcerated? This culture of glamorizing this way of living is to program blacks to live in that way, why can't movies show black people as presidents, lawyers, attorneys or writers?

As we see the prison system in many countries such as in America: is designed to incorporate more black people. While the rate of imprisonment has decreased the most in recent years, black Americans remain far more likely than their Hispanic and white counterparts to be in prison. The black imprisonment rate at the end of 2018 was nearly twice the rate among Hispanics (797 per 100, 000) and more than five times the rate among whites (268 per 100, 000)

It's important in Africa for inmates to be productive in agriculture, industrial work and other labor rather than just being in prison and not at work.

It's important to incorporate Bible studies in every prison and also teach a profession so when they are released they can work, the state needs to help them find a job, it is also important that they continue Bible studies after they leave because the spiritual reformatting of the person will determine the social reformatting as well.

Access to pro bono (free lawyers) has to be available to convicts, inmates and underpaid blacks in general.

In America black people spend about 1. 6 trillion dollars a year in goods and services, and 95% of this money is spent buying goods outside of black race, if black people practiced group economics, and bought goods from other black people the race would rise financially for this; blacks have to own more businesses. Be honest with your spending: which racial group do you fund? Don't fund the financial disparity to give power to other races, you fund them and then beg them for jobs. The financial slavery will only end with the end of the dependency in ownership of goods and services manufactured by other races as well as the employability numbers by ethnicity.

Create a communication conduct code.

Black people don't talk bad about black people.

Attention to the educational system as well, because is designed to give black people lower grades and in many cases infants are put in special aid alleging that they are slow learners.

Also the tendency to give blacks harsher sentences for similar crimes and to give jobs with lower salaries for senior positions without power is also a fight against their ascension.

If we blacks want better jobs we have to start owning businesses and employ our own primarily and mostly, and in Africa owning their mineral resources and taking control of where the money flows and make a system where the money revolves and passes from hand to hand amongst the black community to prosper, stop waiting for other races to feed you.

As for money reparation from slavery Dr Martin Luther King was talking about reparations in the amount of 10 billion dollars and was killed, lawyer Johnny Cochran was talking about reparation and died, Dr Umar Johnson currently panafricanist defends that reparation should include things such as land ownership, royalties from all black music and entertainment and not just money, because money can devalue.

Some people say they are rich but all they have is money, well many people seem to be mistaking poverty with humility, they seem to be ashamed to say the word poor, replacing it by the word humble, humility is a character trait and behavior is not a financial condition. Let's create a population of selfless, humble and loving people, even towards people of different races.

Restore Africa architectural identity

By creating environmentally friendly housing: the cost and energy effectiveness will reduce overall usage of fuels and power, also to take into account environmental conditions, and renewable reusable material.

Nutrition tips

Chelation therapy

Organic

Avoid Microwave food

Avoid cellphone radiation

Drink spring water

Rest

Exercise

Sleep

Smile

Get the needed sunlight

Don't overstress

Learn to relax

How to protect the black widows orphans and elderly.

By giving them land, pension and financial incentives to pass on their knowledge to younger generations, as well as subsidized housing and health, they can also serve as counselors in their neighborhoods.

A system should be created, in order to pay for their health bills, transportation to hospitals and food, as well as accommodation.

Black children in Africa have been known to create their own toys and games like *hopscotch*, *double dutch* or *hide and seek*, this aptitude to be creators and natural born engineers all over Africa demonstrates a creative genius, that hasn't been taken into account for commercial growth, adults have failed to capitalize on this to direct those children and their seemingly worthless games and toys into more professional settings and studies to take advantage of that skills and ideas in commerce.

Also to protect children and adolescents from drugs, it is important to educate them early, against the devastating spiritual and biological effects of today, equipping them spiritually to be able to fight the spiritual forces surrounding these vices.

In rehabilitation clinics prayers are need to be incorporated in the process, as the person needs to be restored spiritually to be restored physically.

Inventors invest

Africa has to create it's own agricultural practices away from dangerous pesticides and maintaining its organic and natural state for healthy food and avoid geneticatally modified routes. With these measures the traditional farmers have to be empowered with finances and tools to grow away from the modern artificial food crop methods. Modern diseases have been coming with the low quality of artificial food, let's keep the continent with the most natural food for it to become the healthiest, these will keep a strong workforce and will reduce absence from work, need for medicine and the expenditure on hospitals

A need to develop own medicines based on natural ingredients and natural herbs, away from the toxic medicine that has been globalized.

Worth mentioning Dr Sebi and that his cell food should be used as common practices. Africa should be taught to walk at least an hour by foot per week as well as teaching them good eating regimens as a way to build the healthiest population on Earth.

Technology expenditure and investment has to increase in Africa. Technology and know how from Asia and India are good alliances.

We have to create the kids invention center and initiative as well as manufacturing.

Women in Africa

The virginity revolution will happen from Africa to the whole world.

African women have to honor their bodies and give only sex after marriage. Dating should be abolished and the process. Wedding should only be becoming a bride and marrying, no touching. This gives spiritual protection from wicked opportunistic forces that enter by premarital fornication, along other benefits.

Monogamy should be the norm. Man should be groomed to be gentlemen and women to be ladies. Respect should be taught with things such as opening the door, standing up to let elderly people, giving flowers, being romantic should be taught from an early age.

Women should not act like men and men should not act like women.

The tradition of the women losing the virginity in their honeymoon and the family showing the sheets with the blood in festive mood should be the norm, demonstrating a proud family that celebrates that their daughter was given to you as a virgin.

Laws to ban compulsory abortion must be passed, stipulating medical exceptions. We might stop the assassination of babies deliberately due to fornication.

Africa should be the continent with the most natural woman, with the increase in practices such as plastic surgery, botox, butt implants, fake forms of beauty have arisen, some claim that this should be punishable by law that women can use makeup that alters more than 40% of their looks, and some women use that makeup all the time so men never know their real look, some deemed this as sorcery, in Japan a man sued his partner after finding out her real face, and another in Taiwan for her failing to let him know about her previous plastic surgeries to alter her appearance.

It's important to equip women with skills so they can support themselves professionally and be employable to avoid them being easy preys for sexual exploitation and prostitution.

The only way to ensure the man can be providers of a women is to give men the highest salaries, this goes against the women emancipation movement which is not biblical.

The traditional family role is still has to be the norm, as women are better equipped to take care of the house and children, The new models which contradicts this format have failed as divorce rates have risen. So women you still have to take care of the kids and be more domestic than men, but if you can conciliate with a professional life the better, but don't prioritize money and lose your family and kids.

Subsidized housing for couples who marry virgin, as well as financial subsidies for years of marriage, and financial penalties for divorce to the party at fault. Also companies should be forbidden to split families by offering the spouses work in different regions, that forces them to split, job offers have to take into consideration keeping the family united, also vacation time has to be granted after a couple marries.

A Ghanaian woman gave birth at 60 years old, a woman known as Mama Uganda had 44 children at 41 years old.

Just like Indonesia is set to punish sex before marriage with jail time, the same should be done in Africa.

Spiritual revival in Africa

Contrary to what many people think Christianity is not a religion created by white people to dominate Africans, I stated before many of the participants in the Bible were not white. The Bible should be the main religious book of Africa and acknowledgment of Jesus as the son of God and God the Father as only God creator of the earth, to whom only Africans should worship.

By adding worship in kindergarten as well as Bible studies in schools and jobs and compulsory prayer and praise these will help to bring a revival in Africa.

Revival will happen from Africa and the black race to the whole world. To aim to have four dates per year where all Africans fast and pray to the biblical God. Also measures for Christmas and Easter to be celebrated incorporating the real meaning with worship and with praise and Bible reading and prayer rather than Easter Bunny, Christmas tree and gifts exchange.

African moral code

Establish laws against sex change especially in children, and laws forbidding indecent dressing in public and media as well as laws against the sin of homosexuality and lesbianism!. These things are taught but are also spiritual, by the spiritual education and engagement as well as the behavior and moral teaching these issues can be dealt successfully.

This is to fight against the inversion of values, where people are being convinced that wrong is right, money and greed are corrupting the world, people think they have the freedom to do whatever they like or feel like, there's a increase of indecency, women flaunt their assets on the internet unashamedly, and they think this is being modern. This has to be regulated by law as well

Don't lose faith in humanity, let's create a law against domestic violence. The current trend to worship ancestors and witchcraft are ungodly: Ethiopians, Sudanese, Africans in the Bible worshipped the true God, yet many are convinced otherwise, this happened way before white people or Catholics misused the Bible as a colonization weapon misquoting the truth, the Bible is not a book about white divinity.

EDUCATION PLAN FOR THE DIASPORA

We must aim to the creation of African schools in the Diaspora in all Continents, online schools and institutes teaching not only native African languages but also regular tuition and curriculums for the Diaspora to interact with counterparts from Africa, an African diaspora network. The same network should be not only for students but also for people employed, with a database of different professions and skills. Sharing commonalities and sharing of resources and skills should be encouraged in a platform created to allow for this.

Embassies should elaborate at 10-year plan for the diaspora every decade, and there should be a common plan for all the diasporas.

Healthcare should be free for all Africans, as well as housing, with the creation of a common health plan between hospitals across the continent, sharing of technologies and know the personnel and patients.

The Hispanic Diaspora is very good at teaching Spanish to their kids even though they are born abroad many of them speak Spanish, African diaspora has to learn to do the same, and even those sons of immigrants from Africa who are born abroad they should travel to Africa yearly to teach kids about the homeland and engage with the language.

If not, you failed, if your kids have grown up broad because you want to give them a better life and you are proud to teach them a language like English or French, but if you haven't taught them your mother language you have failed, if you haven't managed to keep connection with their roots or didn't allow them love for Africa, likewise, if you live in Africa and you don't teach your kids the mother language, Africanism, and patriotism you also have failed.

If your children are born abroad give them the passport of your country of origin because there will be times when Africa will be the safest place in the world, especially in cases of economic crisis and pandemics. Because of an eventual economic crisis, never leave all your money in the bank. It's wise to save some money in cash at home, transform some of your money to gold or other recession proof assets, and also to build your autonomous food source such as farming or livestock as a preparation for economic collapse of the world financial system.

It would be a good idea to have a house paid off in Africa or somewhere where it's either free or you don't pay high house tax.

Redefine literacy according to African standards, if you don't speak a dialect or if you don't know African reality you are illiterate.

Constant certification is needed to keep competitive in the job market.

Development has to: be redefined according to African standards. Personally, I believe success is having salvation at the end of your life.

New economic models and redefinition of advancement have to be thought out, a more balanced social system that has an equilibrium between resources and social balance and humanity, and that doesn't turn people into greedy capital oriented and dehumanized beings, that all they think about and prioritize is money rather than social interaction, which has to be factored in. This model could take the best of capitalism and the best of socialism, and avoid their mistakes and downfalls.

A database should be created where every black person and African can access and know the needs of every single country in terms of investment and scarcity in areas such as education, food, agricultural, families, etc.

Organizations such as the NAACP have proved to be inefficient, and most times this institutions are infiltrated and led by white power, though claiming to fight for blacks.

Lately, a lot is being heard about the Israel United in Christ IUIC, apparently associated with black Israelite movement philosophy.

There is a need for the creation of more HBCUs historically black colleges and universities globe wide, Dr Umar Johnson is creating one.

Family capitalism, exploitation reversal code

In many countries families share goods and wealth, as Africans are traditionally very welcoming and festive, within families a hospitability spirit is present "My home is your home".

Every Wednesday and Saturday in Angola is a tradition to cook traditional dishes such as *Calulu*, *Muamba* and *Funge* in recreational centers during colonial era, blacks should de united, eat and dance at sound of live music in Luanda where bands such as *kiezos* and singers like *Urbano de Castro* sung often melancholic revolutionary sounds, alternated with happy danceable tunes.

Weekend gatherings between friends and relatives are important for Africans to celebrate at the same table: the culture, music, food and drinks, but as the family values are traditionally very good in Africa where the neighbor was our family, with the tendency of globalization this is becoming less common as people become more selfish.

Many African weddings and parties families don't mind to spend all their money and have a table with seven or more dishes with an array and different assortments of food and drinks, even poor people like to have big parties, to the extent that some have to borrow money, get contributions from relatives or even get credit, to the extent that next day it has happened that newly weds don't have a house to live or furniture but they have spent on a big wedding, contrary to the norm in Western countries where you can find a wedding with just chips and a sandwich.

This needs to be balanced, blacks need to learn to save too, while maintaining their core habits, tendency to prioritize looking good, spending a lot of money on jewelry, on an expensive phone, hair extensions following sneaker trends and not having wealth, that is absurd.

A code of conduct has to be created, because between African families there's a tendency that one family will have more than the other, this creates a cycle of one family giving always to the other family who never gives anything in return, education has to be created so people learn to give and take. And for those who don't have money, give your time, your workforce and your hand to any family matter, don't just be a taker, be reciprocal and grateful with the family who have helped you in the past and also help them in later stages.

Also in family business in some regions family members want to come and not pay for services to their relatives, responsible management has to be taught whereby relatives come and help finance each other's businesses not loot.

Let's support African businesses all over the world, if you're African wherever you are, support African businesses: eat at their restaurant buy their goods, let's impose our culture, plant our businesses and cultural centers all over the globe.

Money has to work for you, not the other way around, passive income.

All blacks should change their names by law to adopt African names and abolish European and other names, if you are African how are you called Smith or Paulo etc.?

Refinancing Africa, black investment.

The African continent is with no doubt: the most resource-abundant continent. Resources such as gold, diamond, oil, natural gas, copper, uranium, among others are mined in different parts of the continent. Almost every country in Africa has a deposit of natural resources, while being home to 30 percent of the world's mineral reserves, eight per cent of the world's natural Gas and 12 per cent of the world's oil reserves. The continent has 40 percent of the world's gold and up to 90 percent of its chromium and platinum

The African diaspora has a population of 140 million while Africa has a population of 1. 2 billion, and the most populated countries in the African diaspora include Brazil, Colombia, America, Dominican Republic, and Haiti.

The African Union considers the Diaspora to be the "sixth region" of Africa, the estimated number of African Diaspora by region is: North America, 39. 16 million; Latin America, 112. 65 million; Caribbean, 13. 56 million; and Europe, 3. 51 million.

In remittance more than $40 billion is sent to sub-Saharan Africa annually via money transfers, according to the World

Bank. Mali ranks ninth among African nations for finances sent back to the country by those abroad.

Some economies would gain while others would lose from the proposed African regional and sub regional monetary unions. Full monetary union among either West African Monetary Zone or Economic Community for West African States' members would be unequally accepted.

Nigeria's $480.482 billion capital, has a population of about 202 million and has continued dominating the list of richest countries in Africa.

Mauritius and Ghana are the safest countries in Africa, Mauritius is also the 28th-safest country in the world, is a multicultural island nation that is family-friendly and secure.

Gaddafi was seen as an enemy of Western countries because of his longing for a "United States of Africa", hoped one day to have a unified African government believed it was the only way that Africa could develop without Western interference, "

He wanted to introduce a gold dinar to back African currencies, thus freeing Africa from the dollar standard. He protected Africa's natural resources from what he referred to as Western "looters. "

Africa is approximately 11, 724, 000 square miles (30, 365, 000 square km), and the continent measures about 5, 000 miles (8, 000 km) from north to south and about 4, 600 miles (7, 400 km) from east to west.

Studies are needed in: How to apply new farming method's and technology to balance this discrepancy, to allow subsistence farmers to compete with commercial farms.

INTRA AFRICA TRADE.

According to the World Bank, per year 12 million young people enter the job market while only 3 million formal jobs are created. With a median age of 25 years old, African continent is the youngest in the world.

Rebuilding the image of Africa is imperative, Africans need to discover Africa for tourism, school, education and marriage. The diaspora also has to see Africa as a perfect spot to seek for their dreams, create a family, seek jobs, improve education, look for a spouse and have a wedding. Many black people are single in the diaspora and they have to seek for their soulmate that they are failing to find, by going back and looking in the motherland.

A rail system *Uniting Africa* has to be created, allowing people to go from north to south and west to east throughout the whole continent. Of course it needs a plan to not only light Africa but also restructure the road infrastructure.

An Africa travel pass for the continent has to be created for discounts to include the diaspora as well, including air and sea travel as well as road and railways.

The abundance of religions and languages in the continent may be a detractor and obstacle to create unity amongst different tribes.

Sub-Saharan Africa is home to nearly half of the world's usable, uncultivated land, but so far the continent has not been able to develop these unused tracts, estimated at more than 202 million hectares, to dramatically reduce poverty, boost growth, jobs, and share prosperity.

Every African and black in the diaspora should be given land to cultivate in Africa. According to new World Bank report, "Securing Africa's Land for Shared Prosperity"

African countries can effectively end 'land grabs', grow significantly more food across the region, transform their development prospects if they can modernize the complex governance procedures that govern land ownership and manage this over the next decade, as Africa has the highest poverty rate in the world with 47. 5 percent of the population living below US $1. 25 a day.

China has the largest education system in the world. With almost 260 million students and over 15 million teachers in about 514 000 schools (National Bureau of Statistics of China, 2014), excluding graduate education institutions, is immense and diverse.

How many Universities are there in Africa? to the Unirank database in 2020 there are currently 1, 225 officially recognized higher-education institutions in Africa.

As of 2021, the total number of schools in South Africa amounted to nearly 24. 9 thousand, the majority of these schools were public entities, covering around 91. 3 percent of the total number of schools, only 2, 154 schools were independent educational institutions.

There is a clear association between increasing working-age populations and economic growth, is argued that aging is the greatest risk in the rest of the world, this is not true for Africa. By 2100, half the world's youth will live in Africa.

Africa needs to decrease imports and increase exports by developing manufacturing it's own brands and goods. Africa has to consume African products and reduce the promotion of foreign commodities for this to happen.

Banks have to keep African money in Africa, if Africans keep their money in African banks: the continent benefits, also they have to invest their money into the continent. African people stop putting your money in foreign banks.

African power crisis with the electricity blackouts, is just an example that there has to be a plan for relighting Africa.

There is a need to create free food assistance shelters, a zero famine policy, no one should die of hunger in Africa, yet now Sub-Saharan Africa is experiencing one of the most alarming food crises. Roughly 146 million people are suffering from food insecurity and require urgent humanitarian assistance.

Africa can only succeed by empowering financially and giving power to the people and access to wealth.

State of regional trade in Africa

Total trade from Africa to the rest of the world averaged US$760 billion for the period 2015–2017, compared with $481 billion from Oceania, $4, 109 billion from Europe, $5, 140 billion from America and $6, 801 billion from Asia. This figure also shows that Africa fails to sell goods, usually Africa sales resources but cannot sell goods, the same goods they buy are often made from the same resources they sold.

We can see that African countries don't trade much amongst each other.

Intra-African trade, defined as the average of intra-African exports and imports, was around 15. 2% during the period 2015–2017, while comparative figures for America, Asia, Europe and Oceania were, respectively, 47%, 61%, 67% and 7%.

THE DEFICIT IN EDUCATION

Education should be based on building character and personality rather than just give information.

Measures have to be taken to protect local workforce with quotas, companies have to employ people from the region where they are located. An educational program can also take into account the professional needs of every area of the country for every decade, and make adjustments in housing, financial incentives, education and relocation of citizens accounting for the age and skill discrepancy needed at present and future. For these local administrations the school board and government have to be in synchrony.

Foreign workforce has to come in minimal numbers, and stay for as short time as possible and teach all their skills to multiform many learners to the point that they become not needed anymore.

It is also important that the salaries of locals are competitive, and that the country doesn't import a lot of foreign workforce with unnecessary biased favored disparity in salaries.

Many methods to evaluate cognitive functions:

The GDO-R uses direct observation to evaluate a child's cognitive, language, motor, social-emotional responses in five strands (domains) and developmental, letter, numbers, language comprehension, visual, spatial, social emotional and adaptive too.

A lot of money is spent by Africa sending students overseas, it is wiser for that same money to be invested in bringing know how to African schools, therefore less money spent with living expenses and traveling expenses, fixing this bad habit would help to finance schools as in other continents, instead, scholars should be brought to Africa to teach and multiply their know how, by having the foreign teachers training new Africans to become teachers and scholars, so the Africans can have good quality education in Africa, yet the system should not be only dependent on foreign knowledge but mostly our values and direction and an African curriculum not an imitation of Western.

By studying overseas, a lot of times the curriculums are not adapted to African reality and this brings that discrepancy between graduates who come back to Africa to work. African curriculum should be adopted to its own needs and plans.

Demographers predict that the number of youth in sub-Saharan Africa will double to 400 million by 2050; for Nigeria, the number will more than double from less than 35 million to almost 80 million, as Development specialists see this as Africa's chance to gain lost ground.

Theoretically, a rapid increase in youth population could lead to an increase in savings, higher productivity, and faster economic growth. But for this to happen, people have to be healthy and skilled. The caveat is that a rapid growth in the number of young people needs improvements in access to education and its quality.

Sub-Saharan Africa is rich in energy resources, but it is starved of electricity. Nigeria is illustrative of this problem: A lower middle-income economy with immense energy resources that has 73 million people without access to electricity. Even in South Africa, an upper middle-income economy, 8 million people live without electricity. According to the World Energy Outlook 2017, 588 million people in sub-Saharan Africa, more than half of the region's population, did not have access to electricity in 2016. Across the world, about 1.06 billion people were living without access to electricity in 2016, more than half of whom were in Africa.

Our emphasis on education, energy, and taxes is not new, and has been recognized by many African observers. Progress in these areas has been bad compared to what's needed to attain developmental goals and relative to what's being achieved elsewhere in the developing world. Africa's potential is undermined by low expectations, especially the thinking that annual average GDP growth rates between 3 and 4 percent are enough for successful development.

The students thesis and projects at University should be afterwards converted into projects and implemented in any field they pertain, instead of just sitting there in the teachers office at the school library, therefore, there needs to be a connection between investment companies, schools and universities departments that should be in charge of passing students projects so that they can be effectively applied with revenues to the author as well.

Universities and schools throughout the continent should exchange programs.

Countries should also base their education system according to their resources, for instance if a country is rich in oil, it makes sense to form people in that field, but if a country is rich in diamonds they need to adopt their education according to that, also the education system has to be connected to the government program of development, they aim to account for the numbers of professionals needed, according to the field for the next decades.

Educational system should have a quota to follow per subject, and the government must help, find and incentive people to different fields, to create an equilibrium in the professionals needed and the professionals being created. This can be called the parallel program of educational, economic and social development.

If a country needs 20, 000 new doctors in 10 years, but only a thousand students are in that field, there will be a problem. Incentives should be created to direct people to the needed fields.

African leaders have to be forced by law to use countries public hospitals and schools as well as their families.

I redefine wealth as having flexibility and time.

Africans should maintain important info backed up out of the web, and away from technology spying through devices such as social media, phones, televisions etc. For this reason they even should build their own.

The headquarters of the African Union had been built in Ethiopia by the Chinese, later, it was discovered that they planted cameras to spy.

Culture is strong

Ghanaian Authorities have taken that bold step to break themselves free of the strings of colonial masters by re-inventing their own school uniforms. For Africans to move forward, they may follow the right step taken by Ghana who applied Africanized school uniforms for a more beautiful and more autochthonous look. Developing typical Africa fashion is a must, for ceremonies and everyday use.

African languages have to be mandatory in schools, and an African dialect applied as the main language to replace western languages which should now be considered dialects.

African language schools would gain from this, as well as literary work, art, etc.

Creating a strong culture is also a way of acquiring revenue.

African airlines politicians and media should only use African language, possibly with Foreign language subtitling but also dress in African attire. African airlines should serve African food.

African fashion has to be promoted and placed instead of standard European one. The current freedom to dress and expose the body should be prohibited, decent and modest dresses that cover the body should be the norm by law. In beauty pageants, African dresses and attires should replace foreign clothing.

Also Africa should:

1 Maintain its values of sexual abstinence until marriage and promote it in schools in beauty pageants, purity should be a standard in Africa, to create a holy continent.

2 Don't follow tendencies of western countries to legalize same sex marriage.

In Uganda homosexuality is condemned, many African countries have defied the pressure to normalize same sex relations, in some countries is punishable by law, and it should be throughout all of Africa, Africa should illegalize this practice, other marital and sinful deviations should also be discouraged. The Bible should be the moral code of Africa and block incoming media movies, music etc., with values that are contrary to these.

Black is beautiful, we have to teach this through education movies, books, art, etc.

How many African leaders who are talking about revolution were killed?

After seizing power at the age of just 33, the Marxist revolutionary known as "Africa's Che Guevara" Thomas Sankara, campaigned against corruption and oversaw huge increases in education and health spending. The prosecution said he was lured to his death, at a meeting of the ruling National Revolutionary Council.

He launched a mass vaccination program in an attempt to eradicate polio, meningitis and measles, and from 1983 to 1985, 2 million Burkinabés were vaccinated. Prior to Sankara's presidency, infant mortality in Burkina Faso was about 20. 8%, during his presidency it fell to 14.5%.

According to Richmond Apore, an amateur historian, Thomas Sankara didn't take the hint from his fellow African leaders when he took control of Burkina Faso in 1983. Within 3 years, despite Burkina Faso being a country with no natural resources and minimal agricultural lands, by 1986 the country was virtually self-sufficient and was producing twice the amount of resources and food it needed to survive with zero corruption and 100 percent efficiency towards rapid national growth.

To put that in context, Ethiopia, a more blessed nation in terms of resources and industrialization, was hit by a massive wave of famine, while Ghana and Ivory Coast, the two top exporters of the booming commodity at the time, Cocoa, imported rice among others from foreign countries and had lean stagnant economies.

Above all, Thomas Sankara proved to the world that what Lee Kuan yew and Park Chung Lee did, in Singapore and South Korea respectively, they transformed their nations from third world to first world status in less than 30 years, this didn't happen by magic and could be replicated in African nations with an effective visionary leadership.

Needless to say, the horrors that Sankara presented to the ongoing Neo-colonist was frightening and he had to be killed as soon as possible, before other African leaders and masses started following his ideas. Guess what, we will follow his ideals now, all of us.

There has been a cycle of revolutionary leaders being killed, as is evidenced in the speech of some leaders previous to being killed to express concern for their safety just before being murdered, just like Martin Luther King's mountaintop speech where he said, "I'm not afraid to die, I would like to live a long life like everybody else", days after the speech, he was murdered by gunshot.

During an African Leaders Summit, Sankara urged his colleagues to be skeptical about the constant debt imposed on them, claiming "they will perpetually continue to pay this never ending debt which contradicts the efforts towards nascent national growth" and if they don't listen to him, he said that that would be his last summit. He was murdered a few weeks after that speech.

He was also attempting to spark the masses in the rich, yet mishandled Nigeria, to begin to question the ineffective directionless leadership they faced, same in Ghana, Angola etc. By awakening the masses like what was seen during the Arab Spring, where heterogeneous masses awoke against these issues in rebellion against leadership. Thomas Sankara during the 1980s was like Lumumba's in the 1960s fighting similar causes.

Graca Machel, widow of Samora Machel, claimed recently that he was killed as the ex Mozambique president plane fell.

Uganda's recent exploration surveys have shown it has gold ore deposits of about 31 million tonnes, and it wants to attract big investors to develop the sector hitherto dominated by small miners.

Over the last two years, aerial exploration was done across the country, followed by geophysical and geochemical surveys and analyses; Solomon Muyita, spokesperson for the Ministry of Energy and Mineral Development, told Reuters.

An estimated 320, 158 tons of refined gold could be extracted from the 31 million tons of ore, most of the deposits were discovered in Karamoja, a parched sprawling area in the country's northeastern corner on the border with Kenya. Large reserves were also found in eastern, central, and western areas of the East African country. Uganda says that the exploration results show it has 31 million tons of gold ore.

Muyita said Wagagai, a Chinese company, set up a mine in Busia in eastern Uganda due to start production. Wagagai had invested $200 million, and its mine will have a refining unit. Marena Gold will become the largest gold refiner in West Africa. Additionally, Marena Gold plans to introduce the trading of precious metals such as Gold and Silver, and ties with the Government and the local mining industry, helping to facilitate development and expansion of the regional precious metals market.

Ethiopia has long dominated Africa's coffee market. It provides at least 60% of the export revenue for Ethiopia, an economy and society that is heavily reliant upon the coffee industry.

AFRICAN CENTER FOR INVENTIONS

Keeping copyright of inventions to serve Africa.

South African Teens Flying Self-Assembled Plane Across Africa.

A group of South African teenagers assembled a four-seater airplane and is flying it across the continent. Aviation experts say this a significant feat, one that will inspire teens who want to be pilots, engineers or anything else.

Seventeen-year-old Megan Werner is a pilot, even though she doesn't have a driver's license yet. Her U-Dream Global nonprofit helped a diverse group of 20 African teenagers assemble a light aircraft. Werner and some of her colleagues left Cape Town this week for a round-trip flight to Cairo, with stops in 11 countries along the way.

Rodgers Wambua, a Kenyan student from the Masinde Muliro University of Science and Technology (MMUST) has created a Bluetooth app that enables anyone to send messages without incurring any data charges. Known as "Bluetooth Chat", the app enables chatting when they have an Android-powered smartphone that is installed with the app. "With the Bluetooth Chat, you can chat with your friends even without data on your phone or WI-FI fitted within your surroundings. No charges are incurred, " Wambua, who is a third-year student taking a Bachelor's Degree in Information Technology, was quoted by local media Standard.

How to counteract the dominance of Western goods.

Technological and manufacturing independence.

The system of global trade dominated by Western countries has implemented a cycle of supply and demand, were goods become obsolete by creating newer models and older become extinct as does the software by the introduction of new ones so older can no longer operate and there are no longer functional, therefore customers are forced to follow the new trends and gadgets because they can no longer operate or even repair older versions. This cycle for African buyers and economies is to follow their trends. The only way to stop these by creating your own cycle

Africa has to create the ability to repair, create and maintain their own manufacturing structure of goods and services and technology and software. Creating an African internet is also needed.

It is also important for Africa to develop in the realm of space and satellite fields, as well as development of weaponry, alliances can be made in that regard.

BLACK ON BLACK LOVE: There is a need for successful black people to invest their resources in Africa and to marry within the race. Also to keep their money in Africa.

It is important for the financial heritage of black people to pass on to black people as well, to create generational wealth.

Remember, every time you marry outside of your race there's a sister or brother of your race that is probably single and you are affecting the black family.

Don't forget that your job income and know-how is also a resource that is valuable for your black partner.

Due to feminism and emancipation, women don't like to hear that it is important for women to be submissive to their husbands according to the Bible in Ephesians 5:22.

If the men start treating their women like Queens and the women start treating their men like kings Black Love will flourish. Man has to be submissive to God as well and be submissive to loving and taking care of their needs.

Creating a strong culture will make it easier for black people to marry each other because they have similar living habits.

Is important for the diaspora to invest in agriculture, technology, education, etc, it also has to be aware of the need to create investment and to employ their own, these investments should also be in the diaspora.

Transfer skills and know how from the African diaspora.

Allegiance with other minority resurging groups, countries such as Pakistan and India, are sources of skills and know-how at cheap price, that Africa could use to name a few as it proceeds to its rise. Build another black wall street actually build at least one every country, just like they are China towns.

Some African history.

For over 3100 years, Egypt was a super power (not counting the Neolithic and Pre-Dynastic cultures from 6000-3200 b. c. e). it was known as khemet.

The University of Al-Karaouine

The University of Al-Karaouine (also written al-Quaraouiyine and al-Qarawiyyin) is considered by the Guinness World Records as the oldest or first university in the world, established in 859 AD in Fez, Morocco (Guinness World Records, n. d.)

The Kingdom of Axum was a trading empire with its hub in Eritrea and northern Ethiopia. It existed approximately 100–940 AD, growing from the Iron Age proto-Axumite period.

The name "Ethiopia" (Hebrew Kush) is mentioned in the Bible numerous times (thirty-seven times in the King James version), and is in many ways considered a holy place. Ethiopia, the only sub-Saharan African country that was never colonized. "Quite a few historians attribute that to the fact that it has been a state for a while.

Many black people in the bible as found in (Is 18:2; Jr 13:23). Moses' wife, was from Cush (Nm 12:15). A Cushite man reported the death of Absalom to David (2 Sm 18:21, 31-33). Ebed-Melech was referred to as having a Cushite ancestor (Jr 38:6-14; 39:16-18.

Jesus, despite fake depiction of him with blue eyes, neither him or Mary were what are considered to be white.

The tribes of Cushan, which were apparently located south of today's Israel or in southern Jordan of today, were mostly assimilated to Midian (Cassuto: 198; Goldenberg: 220, n. 25). This connection enables us to identify Moses' Cushite woman with Zipporah, Moses' Midianite wife (Exodus 2:21)

AFRICA UNITE: UNITED WE ARE STRONGER

It is advised that political bribery, corruption and financial embezzlement should have harsh jail sentences, perpetrators should be forbidden to hold positions again, nepotism has also to be combatted.

Interests of the country and the majority should come before partisan interest, to create a patriotic spirit in every black person. With a large variation of tribes and languages, it is a challenge to find common grounds, yet it is possible.

African leaders have to stop begging for handouts and stop looking for validation from Western countries, we can validate ourselves.

The theory that has long plagued Africans, where many African leaders and kings sold their own people (divide to conquer), today is still the same with many governments, Africans have to learn to unite and see fellow Blacks as brothers and stick for each other, get acquainted. Africans have to know Africa and Africans.

Patrice Lumumba was a radical leader of the Congolese independence movement who resisted Belgian colonialism and corporate interests. That's why he was assassinated in a US-backed coup over 59 years ago.

Born in 1925, Patrice Émery Lumumba was a radical anticolonial leader who became the first prime minister of the newly independent Congo at the age of thirty-five. Seven months later, on January 17, 1961, he was assassinated.

Lumumba became an opponent of Belgian racism after being jailed in 1957 on charges by the colonial authorities. After a twelve-month prison term, he found a job as a beer salesman, during which time he developed his oratory skills and embraced the view that Congo's wide mineral wealth should benefit the Congolese people rather than foreign corporate interests.

Lumumba's political horizons extended beyond Congo. He was caught up in a wider wave of African nationalism sweeping the continent. In December 1958, Ghanaian president Kwame Nkrumah invited Lumumba to attend the anti-colonial All African People's Conference, which attracted civic associations, unions, and other popular organizations. Two years later, following mass demands for a democratic election, the Congolese National Movement headed by Lumumba decisively won Congo's first parliamentary contest. The left-nationalist leader took office in June 1960.

But Lumumba's progressive-populist proposals and his opposition to the Katanga secessionist movement (which was led by the white-ruled colonial states of southern Africa and proclaimed its independence from the Congo on July 11, 1960) angered an array of foreign and local interests: the Belgian colonial state, companies extracting Congo's mineral resources, and, the leaders of white-ruled southern African states, as tensions grew, the United Nations rejected Lumumba's request for support. He called for Soviet military assistance to quell the burgeoning Congo Crisis brought about by the Belgian-supported secessionists, which proved to be fatal.

Lumumba was tortured and executed in a coup supported by the Belgian authorities, the United States, and the United Nations.

Between 1525 and 1866, in the entire history of the slave trade to the New World, according to the Trans-Atlantic Slave Trade Database, 12. 5 million Africans were shipped to the New World, 10. 7 million survived the dreaded Middle passage, disembarking in North America, the Caribbean and South America.

United States by 1860:

The total population included 3, 953, 762 slaves. By the time the 1860 census returns were ready for tabulation, the nation was drowning into the American Civil War.

An estimated 4.9 million enslaved people from Africa were imported to Brazil during the period from 1501 to 1866, until the early 1850s, most enslaved African people who arrived on Brazilian shores were forced to embark at West Central African ports, especially in Luanda (present-day Angola).

During this time span, Brazil received Africans from every part of the continent, landing almost five million people in total. Bahia alone imported in excess of 1, 300, 000 men, women, and children.

The language kimbundu also made way across the ocean, and integrated into Portuguese, and to this date words like *kuxilu*, which are used in Brazil Portuguese which means to take a nap were imported from the Angolan language kimbundu, the African food also made its way as slaves were taken to their destinations overseas, as did other cultural beings as dances. In Angola there is a dance called Semba and in Brazil there is Samba.

Between 1500 and 1866, Europeans transported to the Americas nearly 12.5 million enslaved Africans, about 1.8 million of whom died on the Middle Passage of the transatlantic slave trade. The slaves from Angola made it to US, up to this date there is a town called Angola in the USA. Angola, to this day, is a city in Pleasant Township, Steuben County, Indiana, United States. The population was 8, 612 at the 2010 census.

Also Angola is a village in the town of Evans in Erie County, New York, United States. Located 2 miles (3 km) east of Lake Erie, the village is 22 miles (35 km) southwest of downtown Buffalo. As of the 2010 Census, Angola had a population of 2, 127.

Angola is the largest maximum-security prison in the United States with 6, 300 prisoners and 1, 800 staff, including corrections officers, janitors, maintenance, the prison in Louisiana is called Angola. It is named "Angola" after the former slave plantation that occupied this territory. This plantation was named after the country of Angola, from which many slaves originated before arriving in Louisiana.

In the 1960s, early 1970s (1970/71 – 1975/76), Angola the country, was one of the largest African coffee producers and exporters ranking second after Cote d'Ivoire and even ranking first in some of the years. Africa's top coffee-producing countries include the birthplace of the world's favorite coffee bean.

In 2021, it went from $13.97 to $15.37 per hour. That rate equates to about $32,000 annually

ENTRAPMENT OF BLACKS IN POVERTY CYCLES

The *New Jim Crow / Mass Incarceration* in *The Story Behind the Crack Explosion*, a three-part investigative series published last month in the San Jose Mercury News, details how massive amounts of cheap, powdered cocaine were funneled into South-Central Los Angeles, by well-known CIA operatives in an attempt to increase fundings for the contra army in Nicaragua.

A notorious Los Angeles street dealer turned the large quantities of powdered cocaine into crack, and distributed the newly processed drugs through the network of Los Angeles-area gangs. The gangs, in turn, gained power, influence and economic clout that spread to other urban areas, drugs put in black neighborhoods.

Maybe the rumors that the crack cocaine epidemic was engineered by the government were an effort to control and incarcerate large numbers of urban blacks is obvious.

Nearly five times the number of people are now serving life sentences in the United States as were in 1984, a rate of growth that has outpaced even the sharp expansion of the overall prison population during this period. Racial and ethnic disparities plague the entire criminal justice system from arrest to conviction, and is more acute among those serving life sentences. One in 5 black men in prison is serving a life sentence, and two thirds of all people serving life sentence are people of color.

No wonder it's called the White House. When Americans say they had a black president and a black vice president, can we just wonder why is always a lighter skin black, rather than a dark brother or sister, even in colonialism, lighter skin blacks were preferred for better jobs, such as elevator helper or secretary while darker skin blacks were relegated to harder jobs.

This tendency for lighter blacks in managerial jobs still can be seen in some African countries, even in some beauty contests where European features are seen as the best. There is probably a law where a black girl can only win Miss universe every 10 years. That's why they never win in successive years. Fashion shows for dark skin blacks with natural hair is needed, blackness has to be promoted.

The surge of laws such as the Crown Act, that forbids discrimination based on her texture and hairstyles, respect in the workplace and schools, as well as freedom elsewhere for black people to use styles such as braids twists, *bantu* knots, afros natural hair is a reality, even though this is a good start, it is imperative that this type of laws extend to other cultural aspects.

You cannot force a black worker to relax their hair. Age of Colorblindness is an aim.

Rich black people should invest in black neighborhoods, with creation of job opportunities and education, this helps decrease crime rates. It should not be an individual, but collective responsibility of every black person to care for your fellow black.

Martin Luther King, and his iconic *I have a dream* speech.

He was the driving force behind watershed events such as the Montgomery Bus boycott and the 1963 March on Washington, which helped bring about such landmark legislation as the Civil Rights Act and the Voting Rights Act. King was awarded the Nobel Peace Prize in 1964 and is remembered each year on Martin Luther King Jr.

Malcolm X apparently was more radical. Luther kings had non violent manifestation speech, his martyrdom, ideas, and speeches contributed to development of Black nationalist ideology and the Black Power movement and helped to popularize the values of autonomy and independence among races.

In previous times, known as the "Moses of her people, " Harriet Tubman was enslaved, escaped, and helped others gain their freedom as a "conductor" of the Underground Railroad. Tubman also served as a scout, spy, guerrilla soldier, and nurse for the Union Army during the Civil War.

Number of male to female

The ratio of male to female in Africa, the sex ratio at birth, is normally around 105-107 males born for every 100 females. In sub-Saharan Africa, however, it is around 103-104 males for every 100 females.

In USA nationally, the Census Bureau counts 88 black male adults for every 100 black women. Due to a disparity in numbers, some of the black females in America may have to find their myelinated black man in Africa. The responsibility of the black man towards the black woman and child, and the responsibility of the black woman towards the black man and child is paramount.

Fauna tourism landscape

There are 63 transboundary river basins in Africa, covering 64% of the continent's land area (UNEP 2010). The Zambezi basin is the fourth largest in Africa after the Congo, Nile and Niger River Basins.

The four major rivers of Africa are the Nile (4, 160 miles), the Congo (2, 900 miles), the Niger (2, 590 miles), and the Zambezi (1, 700 miles). The Nile River is the longest river in the world.

In total, there are 157 parks from 11 safari countries. Also worth noting in Angola, the Kissama National Park is located about 75 km south of Luanda. It stretches over almost 10, 000 square meters

Some safaris in Africa include privately-owned areas. Mala Mala Game Reserve in South Africa has a reputation for outstanding wildlife viewing, heavenly accommodation, and the pristine wilderness of Mana Pools National Park in Zimbabwe. This sublime park appeals to the adventurous with canoeing, a popular way to see the animals; Serengeti National Park in Tanzania has this stunning park that impresses with the sheer numbers and variety of wildlife.

As it relates to rivers, the Okavango basin covers 1% of the continent. It is an endorheic basin, shared between Angola, Namibia and Botswana.

Cape Town tourist sights: The V&A Waterfront is South Africa's most-visited destination, and it attracts roughly 24 million visitors a year.

Seychelles' stunning topography of coral reefs, drop offs, wrecks and canyons, coupled with the rich marine life, makes it one of the best diving sites around the world. Perfect for diving year round, the destination has dive sites for both beginners and experienced divers alike.

The Seychelles are famous for their spectacular and secluded beaches. Even though all beaches in the Seychelles are public.

Rwanda's strong economic growth was accompanied by substantial improvements in living standards, with a two-thirds drop in child mortality.

Gorilla Trekking in the Volcanoes National Park: The Volcanoes National Park is arguably the most visited wildlife conservation site in Rwanda. Each year thousands of international visitors go to the park to see mountain gorillas alongside other popular activities in the park area.

Rare people

Living in the Pacific islands of Melanesia, this group of people quite literally defies all stereotypes against Black people, they have blonde hair. Situated just north-east of Australia, the Melanesian's have dark skin, large features and originated from Africa.

Mumuila people are a cluster of semi-nomadic ethnic groups living in southern Angola, in the area of Huila. Mwila people actually belongs to the larger Nyaneka-Khumbi (Nhaneka-Humbe) ethnics, inhabiting the Haumpata Plateau and along the headwaters of Rio

Caculovar in Southwestern Angola in Huila Planato or Huila Province, the province that takes it name from the people.

Mumwila people are of Bantu origin, and are said to be one of the earliest Bantu people to undertake the Great Bantu migration in their present location in Angola.

Swahili is "among the 10 most widely spoken languages in the world, with more than 200 million speakers and one of Africa's most spread languages". Common words with Kimbundu and even Portuguese, Arabic and German, probably due to migration, including of Bantu tribes as well as colonization and geographic factors.

Here are several monarchies in Africa, Lesotho and Morocco are some of the best examples of such.

Menelik II. and Shaka Zulu are amongst the known powerful African Kings.

Africa also had Queens as seen below:

Names such as

Amina the Queen of Zaria Nigeria

Kandake - the Empress of Ethiopia

Makeda - The Queen of Sheba, Ethiopia

Nefertiti - Queen of Ancient Kemet, Egypt

Yaa Asantewa - Ashanti Kingdom, Ghana

Also Nzinga 1583 – 1663) was Queen of the Ambundu Kingdoms of Ndongo

Notable names like Samuel Daniel Nujoma, (born 12 May 1929) is a Namibian revolutionary, anti-apartheid activist and politician who served three terms as the first President of Namibia, from 1990 to 2005

In more recent history King Mandume ya Ndemufayo (1894 – 6 February 1917) was the last king of the Oukwanyama, a subset of the Ovambo people of southern Angola and northern Namibia, makes up a history of defiant leaders who strived to fight for Africa.

Samora Moisés Machel (29 September 1933 – 19 October 1986) was a Mozambican military commander and political leader. A socialist in the tradition of Marxism–Leninism, he served as the first President of Mozambique since the country's independence in 1975. Machel died in office in 1986 when his presidential aircraft crashed near the Mozambican-South African border. Following the strange ill fate of some African leaders, who mysteriously died or lived short lives when defying western views.

Angola: was forced to change the political system to capitalism to gain support of countries like the USA who supported the rebels prior to that.

Behind Africans misfortunes, not only slavery but colonialism and neocolonialism, often the westerners are behind.

Culprits: Bad governance has also been a pitfall, whereas outside influence cant always be controlled.

Marcus Garvey's goal was to create a separate economy and society, run for and by African Americans. Garvey argued that all black people in the world should return somehow and contribute to their homeland in Africa, which should be free of white colonial rules, the founder of the Universal Negro Improvement Association (UNIA). Formed in Jamaica in July 1914, the UNIA aimed to achieve black nationalism through celebration of African history and culture

James Emmanuel Kwegyir Aggrey, known as *Aggrey of Africa*, (Born in October 18th, 1875), at Anomabo in the Gold Coast (now Ghana) son of Princess Abena Anowa and Okyeame and Prince Kodwo Kwegyir, he taught Dr Kwame Nkrumah, another icon of Pan-Africanism whiles he was in Achimota School Government Training College and exposed him to the works of Marcus Garvey and other civil rights activists.

March 21st 2023 Angolan political activists in protest called a stay at home, for the 30 million people not to go out to paralyze the government, it became almost a ghost town.

A very famous Band in the seventies launched an album called the black album. Decades after a black singer launched the black album.

During colonialism a picture of a baby with a tail was in identification cards of certain blacks, who were grouped into assimilated and non assimilated according to whether they had already replaced their habits by the colonialists, also they were forbidden to speak their languages and forced to learn westerners dialects, English French etc.

Khoisan tribes in Africa are lighter skin blacks ,not only look similar but are said to have the Asian phenotype. Think about this ,in animals the white polar bear is also said to have evolved from the brown bear.

According to the bible both apostle Paul and Jesus resembled Egyptians while Solomon had locks.

Mose's wife was also a Midianite considered arabic, a black israelite. Likely all below were black .

Black midianites originated from Abraham and keturah. Abraham and Sarah were born in Ur in Mesopotamia near the river Euphrates, where garden of Eden was. Esau married a caananite who were black people, descendant from Noah all of them were in Jesus lineage.

Later blacks were thrown into the sea crossing the ocean in slave trade, were killed for fun in picnics,(pick a nick-negro), lynched.

STAGE OF FREEDOM FROM MENTAL SLAVERY

Black inventions

Things you probably didn't know were created by Black inventors:

Potato Chips. George Crum was working as a chef at a resort in New York.

Gas Mask.

Protective Mailbox.

Blood Bank.

Three-Light Traffic Light.

Refrigerated Trucks.

Electret Microphone.

Automatic Gear Shift.

Top black inventions include.

Mailbox (1891) – Phillip Downing.

Traffic light (1922) – Garrett Morgan.

Automatic Gear Shift (1932) – Richard Spikes.

Clothes Dryer (1892) – George T.

Automatic Elevator Doors (1887) – Alexander Miles.

Folding Chairs (1889) – John Purdy.

Gas Heating Furnace (1919) – Alice H.

Genres of music such as rock and roll are also said to have been created by black people. In the 1960s and 1970s the genres of funk and fusion. 1980s, developed hip-hop, and disco-infused dance style known as house music, and dance such as break dance.

If you listen to the Cuban group Buena Vista social club and you listen to Cape Verdean singer, Cezaria Evora, you can see the resemblance between the music Morabeza from Cape Verde and Bolero, a Cuban music style.

Worldwide styles such as rumba, samba, reggae, salsa, merengue, kizomba, afro, Nija, and many others were either created or influenced by blacks as well, as instruments such as ukulele, marimba, and others.

Popularized by the singer Shakira, The song *Waka Waka* originally belonged to a Camaronese group and was titled Zangalewa.

Despite the fact that many times black people create, other races appear on the forefront of commercialization, relegating the original inventors and often take proprietorship as their own.

You wouldn't know, by buying peanut butter today, that the same equivalent of crushed peanuts, called *kitaba,* has been in Africa for centuries. If you can prepare fufu or funge made of cassava alongside kissangwa or palm wine, you are ready to serve a meal to an African. You guys said you wanted me to go deep, so here you go.

In sports, countless records are by black athletes such as Wilt Chamberlain 55 rebounds per game, Bill Russell 11 titles in basketball, Usain Bolt, Michael Jordan, Tiger Woods, Simone Biles, even in sports where they are a minority, they stand out, a David against Goliath scenery.

Contrary to popular belief, the origins of algebra are in ancient Babylonia, Egypt and Athens. The earliest known origins are the Rhind mathematical papyrus, written by the scribe Ahmes (or Ahmose) in Egypt around 1650 BC.

AFRICAN CURRICULUM

Geared towards African related subjects, economy, geography and resources, according to African geography soil and weather.

Africa education and studies as well as curriculums must include history of Africa slavery colonialism, neo colonialism countries and their leaders, African languages and also panafricanism must be taught, not forgetting to highlight the negative effect of globalization, while teaching, making African People's needs first, putting our priorities and our people in first place to benefit.

Every African student must know at least another African language apart from their own African language. Languages such as Swahili, Kimbundu, Lingala and Xosa have to be noted.

We have to expand the culture outwardly. And this has to be taught at an early age. We must abandon the western centered subjects and steer towards our own.

If you don't love yourself or your culture who will?. We must learn not only theory but also practical skills:

Students: Must know in practice how to farm, how to fish, also various manual jobs such as carpentry, welding, painting, mechanics, sewing, cooking, etc.

Africa must open its own factories, produce its cars, and other machines, open cartoons and children's theme parks, and attractions like Sun city.

Develop Africa's herbal medicine and laboratories.

How many scientists are in Africa?

Africa currently has 198 researchers per million people, compared with 428 in Chile and over 4,000 in the UK and US. If Africa had the same as the UK in average, they would now need 22, 0000 students in this field.

Physicians per 1000 people for example Angola in 2017 had 0.2 doctors per 1000, Mauritius 2. 3, Sao Tome and Principe 0.3.

The UN body responsible for promoting international public health, puts Nigeria's doctor-to-population ratio at 0.3 per 1, 000 persons, which is grossly inadequate. The country needs at least 237,000 doctors, compared to 4.0 in Italy and 3. 9 in Spain.

According to the Education Commission, sub-Saharan Africa needs to invest $175 billion per year through 2050 to support secondary education for all. Still a far cry from the $25 billion that was invested in secondary education in 2015.

The average education spending, percent of GDP - for 2020 based on 14 countries was 4.77 percent. The highest value was in Namibia: 9.41 percent and the lowest value was in Mauritania: 1.89 percent.

Expatriates must come in as few numbers as possible and train the largest number of locals possible, until their knowledge is no longer needed and become obsolete, all their skills must have a projected timeline for transference.

Avoid other forms of colonization, the current invasion from China currently taking over Africa, not forgetting Russia, The creation of trading blocs such as Brisc, is a fact, African economists have to be aware of the search for new economic strategies or plans, and be able to counteract with economic measures, because it's an ongoing war.

There has to be a law to regulate and limit use of hair taming products, and want to prohibit the use of bleaching creams

Emergency plans for Africans must be taught.

If all shops close tomorrow, as well as gas stations, banks and there's no internet or electricity what would you do?

How can we decentralize food chains? The current dependence of chain food supply on supermarkets and shopping centers took away the power from people, got to give back power to people that must become producers of their own individual food, a system of micro production; government has to protect small producers' prices and give them tools to be competitive. Also by incentivizing personal production people will not be a hostage to major supermarkets and monopolies, by educating families we'll have food production autonomy.

This will also creates less liability for mass food poisoning that Africa by importing food is susceptible to. Also by controlling and having its own drink and beverages will give the same autonomy and sovereignty over what will be drunk is necessary, in a way it also represents food revolution and food independence.

The same with medicine, by creating our own we reduce the risk of being poisoned with vaccines and pandemics from other continents.

Don't forget that it is a biological war and a cyber one going on. The new wars will be ideological and intellectual, the value of the brain and men power will determine the winner, whoever outthinks the opponent. It is important for us to take measures to be proactive and not reactive; plan ahead of the situation. It is important to think out of the box because in every face of economy and society there are strategies being applied.

With the existing financial war, beware of keeping all your money in banks, when network fails and internet or a financial economic collapse, you should have alternatives such as keeping some money with you, have an emergency plan in case of crisis or pandemics, have money allocated where you can reach without going to the bank.

Have your own source of food and drink so that you can become independent from a food crisis in the country, own a piece of land near a river or a lake, because it is valuable in these times.

Also have a non-energy dependent escape route by bicycle, foot or any other non energy dependent in case of emergencies. Have a plan in case of an electricity blackout that includes how to manage your daily activities.

It is important to develop a home schooling system, this is efficient in times of strikes as well as creating adaptability.

Every person should be responsible to develop ways of making money from home, so if you lose your job you know how to survive, including having a secondary plan in case you need to flee your country, location or region in times of crisis.

Survival kit

Survival Food

Water

Housing

Money

Bank

Transport

Documents

Tents

Own Crop

Africa has to create the biggest army of thinkers

It's important for Africans not to forget that Africa will always be the richest continent in the world, because God is just and whatever has been taken by slavery or wars God has compensated Africans with more resources and minerals, is only up to Africans to invest in knowledge, all children must learn to evaluate resources such as gold, diamonds, etc.

Also teenagers and children must learn about finances and accounting and management of money from an early age even in kindergarten.

Children must learn to construct systems, abide, obey, practice self discipline and sense of community rather than individuality, another way to help this is by creating teamwork from an early age as well as learning the consequences of their present actions. It's important to consciencialize Africans to think about decades from now in centuries from now because Africa has been riddled with the sense of now and the lack of planning of the consequences of our present actions making wrong decisions now affect future generations.

Is important for governments to build Commonwealth for society such as resources funds, financial and structural programs that aim at creating quality of life.

Every African must be taught to be an ambassador for his own continent, people and culture wherever they are in the world.

Culturally the witchcraft aspect must be taken out of African spirituality because this curses our own people and continent. With laws that protect and motivate holy behavior and punish sinful behavior according to the holy Bible. But make sure Christianity is not seen as a religion with a white god with blue eyes and blonde hair even though in the past it was often misused by people who mishandled it against us, yet is important to know that Jesus was not white and despite the Bible motivating love, there are people who used it for their wicked intent but that's not the Bible's fault. The correct use of the Bible for our own benefit will only bless Africans and black people as a whole, to create a cohesive family society, a just system of division, emotional and spiritual stability, achieve salvation and eternal life after our demise.

Africa must become the most prayerful continent in the world but also the most hard-working, sanctified and the least sinful. For this, policies have to be put in place to make these measures prosper and deter advancement of the contrary.

Teaching Mathematics, physics, chemistry, especially African history all about the mummies and the mysteries of the pyramids, it's also important for African children to know the African heroes to know their true potential and value, so that they know their intelligence identity and capabilities. They also must know their inventors and records holders of the black race and believe in themselves that black is beautiful, black is honorable and never accept to be told otherwise, because once you put in your mind and program yourself that you are not capable: you will never achieve anything, so say to yourself "I'm black and beautiful and I can achieve anything with my prayers, efforts, sweat and God by my side".

Create your mark everywhere you go, let your blackness be undiluted as an incorruptible seed that affects the world, everywhere you go do it with your authenticity and individuality.

Let's stimulate and capacitate the creativity and imagination of black people and Africans around the world with grants and funds to promote and empower innovators in every field and area. Africa must have an innovation program and creativity for the next century with goals, having goals to be achieved by scientists, designers, creators and manufacturers of every good known. It is also important to create thinkers that develop the *status quo* and the standard mechanisms used today to project innovation ahead of our time. Africa will become the most developed continent in the world.

The slogans and Motto: "Africa will become the most developed continent in the world, we are beautiful, we are intelligent, we are blessed in Jesus name" must be taught and spoken by every child in Africa from an early age every day at school until they actually believe it and they start behaving likewise, so that the prophecy must become reality. I already see Africa's number one continent in the world, the most powerful, the center of knowledge, discovery with the least hunger and pestilence and the most desired place to live on Earth, this is now.

Dubai lies directly within the Arabian Desert.

Building another city in the desert. Egypt is building a new capital, designed to be the country's new administrative hub and home to more than 6.5 million residents.

This new capital covers 700 square kilometers or 270 square miles, making it about the size of Singapore, and will be located 35 kilometers, or 21 miles, east of Cairo.

The city includes a new parliament, a presidential palace, Egypt's largest airport, Africa's tallest tower, the Middle East's largest opera house, a $20bn entertainment district, and a giant urban park bigger than Central Park in New York.

Africans, let's dream big, let's dream to break records. Anything that is done around the world in every area we can do it better, whether it is scientifically, economically or socially. You are an African, you are a black person, you are a winner, may Jesus bless you and all your generations and empower you to fulfill your godly assignment, purpose and destiny, and be a light in the dark, let your black skin shine, be a black diamond, be a black gold, remember black is beautiful, black is powerful, being black is a synonym of intelligent and strong. Hallelujah amen.

The rest of the world has their eyes on Africa, so what about us?

Beware of the sabotage on the African economy, remember Black Wall Street was burnt down by a neighborhood of black businessmen in the past, in the United States they avoid our race from prospering.

Studies have associated wickedness propensity to be associated with a DNA belonging to particular groups.

The British monarchy has been accused multiple times of racism and of being culprits of land mines sold to Africa, as princess Diana campaigned against it, some claim she was killed and that she was also in a relationship with a non-white person.

Not to forget that at the human evolution gallery in England the oldest remains of a British person shows that the first British person was black with blue eyes called Cheddar man.

Remember the goal is not just to be African and to develop, but is also to not lose your soul when you die so accept Jesus and live the ways of the Lord away from sin.

Politicians need to abide transparency rules, love your people, speak the truth, don't promise in vain. It's important for leaders to know that they are public servants, and are not there to get rich, they need to have common salaries and common housing as well as sending their families to local and public schools and hospitals, rather than avoiding creating development than traveling for medical help outside of Africa.

The expenditures of politicians have to be public knowledge through a database such as in the Swedish government, a politician was under a scandal for buying diapers and chocolate bars with the government credit card and even that small quantity is not allowed. Some countries and regional politicians use public transportation or bicycles to the parliaments, and are housed in simple dormitories like apartments with shared areas, where they must do laundry no luxury, rather than luxurious cars, Africa needs to imitate and regulate likewise.

Africa has to spend more than other continents if they want to rise.

Develop cheaper neighborhood or home study methods to aid the main education systems.

Skin bleaching has to become a thing of the past, let forbid it by law.

Africa needs to spearhead the organic revolution, natural living, revolution.

Tourism in places such as Seychelles, Madagascar, Maldives offer paradise-like experiences.

Africa's new system of (permuta) based on food resources and goods traded to buy and sell, basically a new economic system, instead of using money for transactions; goods can be exchanged.

By building 25 to 54 new cities as strategic growth centers this will start the architectural restructuring of the new continent should be the goal.

Let's keep working hours at equilibrium so family members still have time for each other and keep the tradition of eating together at the table.

How come there is a Holocaust museum and not a slavery one in every country?

Are we probably waiting for white men to make for us as well, Africa has to emancipate itself from mental slavery, even though Africa has become geographically independent need to become intellectually and economically as well, only new thinking will liberate Africa, even children have to be taught at school and daily lives the mistakes made in the past that led to colonialism and slavery, as well as lack of good governance and unity, where also are contributing factors, with this lessons learned we can learn not to repeat them and progress.

Value history, not only governments, schools and media, but the whole society has to play a role in this, with parents knowing that the education at home is fundamental and is the core to build the character and education needed, as the first years of a child's life are the most important in shaping their psychological structure and mindset where children should not be spoiled but disciplined for the future.

A program has to be created for families to establish a mandatory number of hours, the parents and families have to spend time together per week, teaching active African cuisine in schools.

Beware of the Willie Lynch strategy in corporate environment, learn about the million men march.

To employ black women and not black men or give them higher pay in order to diminish the power of the men and household has to be addressed as an attack on the black family, also the system of paying single mothers also motivates them to remain single is another attack.

Don't let artificial interaction replace human interaction, African children love playing with each other, let them create their own games as well. No cellphones during family time or meals, talking and listening are important.

Invest in businesses that are time proof and that can be passed on to other generations after you are gone.

Don't expect other people to jump start the ideas in this book, don't ask who will start because that person is you.

Remember when you invest your money in assets, or in your own business that's how you create wealth, but when all of your income just goes to pay rent and you spend on goods and services: you are actually decreasing your wealth, so out of your income always take a percentage to invest on your own business and those close to you.

As a black person no matter how much money you make, if the majority of your money doesn't revert back to help other black people you are not a successful person.

Have you helped a black person today?

Don't just call to ask for things, ask how they are doing, feeling, or if there are any problems.

Have you talked or called a black person today?

See? That's what I'm talking about.

When your brother has initiative don't start saying: "Oh, he thinks he's more intelligent than everybody". Motivate him instead, it's not a competition; black people have to unite instead of competing. After your brother helped you in life, don't forget him when he needs your help too.

A man that doesn't learn from his mistakes made in the past is a man lost. Trade should include the Caribbean's and islands such as Jamaica, Bahamas, West indies, Bermuda and places like Haiti amongst others.

To every black person in the world, let's stop black on black crime by taking guns and drugs from black neighborhoods and educate them to love.

Research shows that the first Europeans were black 40 thousand years ago and migrated from Africa, their skin changed due to climatology.

There is no place like home. If you are home sick, why are you waiting for your relatives to die? For you to cry, some of you don't even come to your parents' funeral, so grow up. *Kwanza* is a holiday celebrated in U.S.A., the word means *first* in Swahili and is name of a river in Angola as well as their currency, due to slave trade an Angola town and a prison exist in U.S.A.

Africa must develop sports championships in neighborhoods and schools from an early age, must teach dealing with black hair texture.

For black men why do you cut completely bald all the time? Unless you have any disease on your scalp. God put everything in the body for a reason, so grow up.

Teach also in elementary schools hair pH levels, moisturizing and keep the hair away from chemicals, to keep stylish and polished, also teach to dress dapper, to be biologically and culturally black , also teach children born in diaspora to represent their ancestor's countries in international competitions. This is how Africa can have its groove back.

We must keep cultivating the tradition that between family aunties are considered second mothers and uncles second fathers, as do elders in the neighborhood, every close person is family, but there is a need to implement family and neighborhood business dynamics with creation and incentive of common family and neighbor's businesses into communities where members have to contribute with workforce or resources. Then share the wealth, so nephews and sons from an early age work for family and neighborhood's businesses, with hours varying per age group and a system of remuneration in place.

Each country needs to create an institution run by the citizens that can take government institutions and even the president to court upon popular vote, to regulate their actions.

Teach critical thinking in schools not just memorization. Africa is pregnant and the babies have just been born, abolish the law banning African clothing, afro hair and locks on identity cards and passports.

I bless Africa and every black person as well as those who are for us, I pray for those who are against us that we all seek salvation by following the commandments of Jesus Christ. Amen.

Give this book to every child and every black person you know.

Each one teach one.

Written by

Black Jesus

Jesus negro

Zhulu Bantu Yayweh

L'ENCYCLOPÉDIE LA PEAU NOIRE EST BELLE, L'AFRIQUE EST À NOUVEAU ENCEINTE DE NOUS TOUS.

Pourquoi l'Afrique est-elle considérée comme le berceau de l'humanité?

Avez-vous remarqué que beaucoup de gens appellent l'Afrique la mère patrie, alors que les autres races ne le contestent pas?

T'es-tu déjà demandé pourquoi on dit que l'Afrique est la naissance de l'humanité? Jusqu'à présent, les autres races, les suprémacistes blancs et ceux qui prônent la supériorité de leur race sur la race noire n'enseignent pas et ne parlent pas souvent du fait que la race noire était là avant les autres races, alors comment se fait-il que les autres races soient souvent considérées comme supérieures alors qu'elles n'étaient même pas là en premier sur Terre?

Les scientifiques et les érudits affirment que les plus anciens restes d'ossements fossiles et d'êtres humains ont été trouvés en Afrique et que c'est la raison pour laquelle l'Afrique est appelée le berceau de l'humanité, car nulle part ailleurs on ne trouve de restes humains plus anciens. Ce n'est pas une coïncidence si cette découverte corrobore également ce que dit la Bible, à savoir que le jardin d'Eden se trouvait dans une région qui n'est pas connue pour avoir été habitée par des Blancs. Vous pouvez donc réfuter le mythe d'un Adam et d'une Eve blonds et blancs, car ils étaient noirs ou avaient un teint de peau plus foncé, proche de celui des habitants des régions dont parle le livre de la Genèse, où se trouvaient les rivières du jardin d'Eden, dans des régions proches de l'Irak, de l'Iran, du Soudan et de l'Égypte.

Pourquoi ne vous l'a-t-on pas enseigné à l'école?

Il faut que les Noirs modifient les programmes d'études de leurs pays et de leurs écoles pour tenir compte de cette nouvelle vérité.

C'est magnifique, vous avez la même couleur de peau que les premiers habitants de la Terre, imaginez, quel privilège.

Ils sont censés vous appeler les fils du plus haut niveau, les rois et les reines.

Si les Noirs sont inférieurs, pourquoi tant de grands chanteurs, d'athlètes, de danseurs et même d'inventeurs sont-ils issus de la race noire, et pourquoi la civilisation a-t-elle commencé dans les régions mentionnées ci-dessus, encore une fois, la plupart des gens ne savent pas que de nombreuses inventions que le monde entier utilise ont été faites par des Noirs.

Les écoles et l'éducation ont caché ce fait à la population et certains historiens ont tenté de cacher l'existence de cette civilisation en Égypte ; les visages des pyramides et les nez ont été brisés par des personnes d'autres races afin que les gens ne sachent pas que les pyramides représentaient des pharaons noirs, qu'une civilisation noire existait car de nombreuses inventions et le début de l'astronomie, des mathématiques, de l'architecture, des écoles organisées et des gouvernements ont été découverts en Afrique et au Moyen-Orient, bien avant qu'ils n'existent en Europe, en Asie ou dans d'autres pays.

Les scientifiques ont découvert que tous les êtres humains ont des ancêtres communs qui ont vécu en Afrique il y a 150 000 à 200 000 ans. Pour certains, le Botswana est l'endroit le plus probable où se trouve le jardin et où l'homme est né, selon certaines recherches, tandis que d'autres évoquent la Mésopotamie ainsi que d'autres endroits mentionnés.

L'idée d'un Jésus à la peau foncée effraie encore les gens, même si elle ressemble à la réalité et qu'elle est étayée par l'histoire.

Un couple noir avec des bébés blancs.

Ben et Angela Asheboro et leurs deux autres enfants étaient noirs, mais leur nouveau-né ne ressemblait en rien à leur race. Au contraire, la petite fille qu'ils ont appelée Nmachi est née avec les yeux bleus, blonde et blanche.

Il est donc tout à fait concevable que toutes les races puissent être issues d'un Adam et d'une Ève noirs, d'autant plus qu'il existe des rapports faisant état de personnes asiatiques noires d'origine non africaine, ce qui prouve que toutes les races peuvent être issues de la race noire.

Pour les Noirs asiatiques d'origine : un exonyme de ces peuples est Negritos, nom qui leur a été donné par les missionnaires espagnols aux Philippines. Toutefois, les "Négritos" d'Asie ne sont généralement pas apparentés les uns aux autres et sont souvent plus étroitement liés aux populations environnantes qu'aux Négritos d'un autre pays. Il existe des exceptions (dans le cas des aborigènes taïwanais).

La plupart des Noirs vivent en Afrique.

Le Nigeria est le pays le plus peuplé d'Afrique et le septième pays le plus peuplé du monde, avec plus de 211 millions d'habitants (2020). Le Nigeria devrait être le troisième pays le plus peuplé du monde d'ici 2050.

Les États-Unis comptent plus de résidents noirs que tout autre pays ne se trouvant pas sur le continent africain. Ils abritent plus de 46 millions de Noirs, dont 58 % vivent dans le Sud. Au nord, le Canada compte environ 1 200 000 Noirs.

Il va faire nuit, il va faire vraiment noir, caramel et chocolat. En raison des migrations en provenance du Mexique et d'autres pays, les minorités devraient croître et dépasser en nombre les non-Blancs aux États-Unis. Alors que les Américains blancs non hispaniques de moins de 18 ans constituent déjà une minorité en 2020, on prévoit que les Blancs non hispaniques deviendront une minorité aux États-Unis d'ici 2045.

Le Royaume-Uni, la France, l'Italie et l'Espagne comptent plus d'un million de Noirs, tandis que l'Europe centrale et l'Europe de l'Est ont un nombre comparativement faible de résidents noirs. En Asie, c'est en Russie que la population noire est la plus importante : 120, 000. L'étude souligne également que de nombreuses familles blanches ont tendance à avoir moins d'enfants, ce qui entraîne un vieillissement de la population, en particulier en Europe, alors que les non-Blancs ont tendance à avoir plus d'enfants, ce qui augmente le nombre de Noirs dans le monde.

On connaît des Noirs ayant des traits d'autres races.

Les Mélanésiens sont des Noirs aux cheveux blonds qui vivent dans des îles d'Océanie. La race latino est également un mélange de noirs.

On a également trouvé des Noirs aux yeux bleus, lorsqu'ils souffraient d'albinisme oculaire, et compte tenu du fait que les albinos noirs développent plus facilement des cancers de la peau et que les Blancs développent également plus facilement des cancers de la peau, ce que les deux ont en commun est le manque de mélanine, nous pouvons donc supposer que la race blanche est une version de la couleur noire avec moins de mélanine et un certain degré d'albinisme ; on pourrait donc contester le fait que la race appelée blanche soit une forme de Noirs albinos.

Le nombre de Noirs dans le monde est supérieur à 1,2 milliard. 2 milliards.

Les pays éloignés du continent africain qui comptent le plus grand nombre de Noirs sont les suivants

États-Unis (46 350 000)

Brésil (15 000 000)

Haïti (9 925 000)

Colombie (4, 944, 000)

France (4 500 000), y compris les territoires français.

Venezuela (3, 743, 000)

Jamaïque (2, 510, 000)

Royaume-Uni (1, 904, 000)

Mexique (1, 386, 000)

Canada (1, 200, 000)

République dominicaine (1, 138, 000)

Cuba (1, 127, 000)

Équateur (1, 120, 000)

Italie (1, 159, 000)

Espagne (1, 191, 000)

L'Afrique dans la Bible.

Dans la Bible, Moïse avait une femme originaire de Kush, et une armée éthiopienne est également mentionnée à plusieurs reprises.

2 Chroniques 16:8 - Les Éthiopiens et les Lubims ne formaient-ils pas une armée nombreuse, avec une grande quantité de chars et de cavaliers? Mais parce qu'ils ne se sont pas appuyés sur l'Éternel, il les a livrés entre tes mains.

Jésus n'était pas une personne blanche, ne vous laissez pas tromper par les illustrations et les peintures actuelles d'une vierge Marie blanche avec un bébé blanc, les gens ont repris la vérité et l'ont déformée, les statues que vous voyez de Jésus et de Marie ne sont pas exactes, le Messie a l'air beaucoup plus sombre que ce qu'ils montrent dans les films ou les livres. N'oubliez pas que Jésus et ses parents se sont cachés en Égypte, où l'on ne sait pas s'il y avait une majorité de blancs, ils se cachaient dans un endroit où les gens leur ressemblaient pour ne pas être facilement découverts.

Matthieu 2. 14 Après s'être levé, il prit de nuit le jeune enfant et sa mère, et il partit pour l'Égypte. 15 Il y resta jusqu'à la mort d'Hérode, afin que s'accomplît ce que le Seigneur avait annoncé par le prophète : "C'est d'Égypte que j'ai appelé mon Fils".

On dit aussi que les premiers Israélites étaient noirs.

On dit aussi que les premiers Israélites et Hébreux étaient noirs.

Ce sont les fleuves dont la Bible dit qu'ils se trouvent à l'emplacement du jardin d'Eden.

10 Un fleuve, qui arrosait le jardin, coulait de l'Eden ; de là, il se divisait en quatre sources. **11** Le nom du premier est le

Pishon ; il serpente dans tout le pays de Havila, où il y a de l'or. 12 L'or de ce pays est bon ; on y trouve aussi de la résine aromatique et de l'onyx. **12** (L'or de ce pays est bon ; on y trouve aussi de la résine aromatique[a] et de l'onyx.) **13** Le nom du second fleuve est le Gihon ; il coule dans tout le pays de Cusch[b]. [**14** Le nom du troisième fleuve est le Tigre ; il coule à l'orient d'Assur. Le quatrième fleuve est l'Euphrate. Genèse 2. 20 (10-17)

Les fleuves du jardin d'Eden semblent s'être étendus jusqu'au pays de Kush, que les anciens Égyptiens connaissaient principalement sous le nom de Kush. Le territoire des anciens Cushites couvrait les régions nord et sud des actuels Soudan et Égypte, respectivement, et doit être distingué de la nation moderne d'Éthiopie, qui se trouve plus au sud, aux extrémités de l'Afrique, et l'on peut donc supposer que si Adam et Ève ont vécu dans les fleuves entourant ces régions, ils étaient plus probablement des personnes à la peau foncée.

Je suppose que c'est la raison pour laquelle Satan déteste tant les Noirs en raison de leurs origines en tant que peuple originel?

"En 1996, 9 généticiens ont découvert que les Noirs africains possédaient plus de séries d'ADN que tout autre groupe sur terre, ils ont 9 séries d'ADN alors que les Européens n'en ont que 6, plus vous avez de séries d'ADN, plus votre potentiel de génie est grand selon certains.

D'autres affirment que l'article mentionné n'a examiné que les preuves du génome humain en faveur du modèle "out of Africa" de l'évolution humaine, selon lequel toutes les populations humaines non africaines descendent d'un ancêtre commun Homo sapiens qui a évolué en Afrique.

On a découvert scientifiquement que tous les humains descendaient d'une seule personne.

En génétique humaine, l'Eve mitochondriale (également mt-Eve, mt-MRCA) est l'ancêtre commun le plus récent (MRCA) matrilinéaire de tous les humains vivants. Elle est définie comme la femme la plus récente à partir de laquelle tous les humains vivants descendent en ligne ininterrompue à travers leurs mères et à travers les mères de ces mères, jusqu'à ce que toutes les lignées convergent vers une seule femme.

En termes géographiques, une nouvelle étude soutient qu'une oasis, connue sous le nom de zone humide de Makgadikgadi-Okavango, était le foyer de la "patrie" ancestrale de tous les humains modernes d'aujourd'hui.

Les chercheurs ont étudié l'ADN mitochondrial - matériel génétique stocké dans le cœur de nos cellules et transmis de mère à enfant - des habitants actuels de l'Afrique australe. Ils ont associé les données génétiques à une analyse du climat passé et de la linguistique moderne, ainsi qu'à la répartition culturelle et géographique des populations locales.

Les résultats suggèrent que les changements climatiques ont permis à des branches de l'ancienne population de se répandre de la zone humide vers des zones plus vertes. Des milliers d'années plus tard, une petite population de ces parents vagabonds a quitté l'Afrique pour finalement habiter tous les coins du monde.

"Nous venons tous de la même patrie en Afrique australe", explique Vanessa Hayes, du Garvan Institute of Medical Research en Australie, qui a dirigé cette nouvelle recherche.

Si vous observez des personnes noires atteintes de vitiligo ou d'albinos noirs, leur peau devient littéralement blanche.

En physique et sur le spectre lumineux, le noir est l'absence de couleur. En revanche, dans l'art, le noir est la présence de toutes les couleurs. Même en Australie, on trouve des aborigènes noirs, et ce partout dans le monde.

C'est une preuve scientifique que le noir est la seule couleur de toutes les couleurs.

Les personnes blanches sont-elles blanches?

Certaines ressemblent plus à du rose ou à une couleur pâle qui n'est pas vraiment blanche, elles doivent donc commencer à être appelées ainsi. Si vous prenez une feuille de papier blanc et que vous la comparez à la peau d'une personne blanche, elles ne sont pas les mêmes.

Source d'énergie alternative

Le manque d'infrastructures en Afrique offre une grande opportunité d'éviter les erreurs commises par les pays occidentaux en construisant à outrance avec des matériaux non efficaces sur le plan énergétique. L'Afrique peut donc développer une nouvelle architecture qui coûte moins cher et utilise l'énergie de manière efficace, en construisant des maisons basées sur des matériaux moins chers et différents qui peuvent accueillir l'énergie solaire et de nouveaux carburants, et même des matériaux réutilisables.

Découvertes

Le Saint-Esprit et Dieu ont répandu en Afrique des idées créatives, il y aura beaucoup de nouvelles inventions qui sortiront des Africains, et de nouveaux minéraux seront découverts, ce qui choquera le monde entier. C'est la façon dont Dieu compense l'injustice et l'épuisement de l'Afrique et de ses ressources, qui ne s'épuiseront jamais et qui continueront à trouver de plus en plus de nouveaux minéraux dans le sol.

Les villes fantômes d'Afrique doivent être restructurées, comme Kolmanskop.

Scientifiques

L'Afrique doit trouver un moyen de breveter ses propres inventions et de protéger ses scientifiques, car dans le monde entier, de nombreux chercheurs qui ont découvert des formes d'énergie alternatives et des remèdes aux maladies sont mystérieusement décédés.

Un inventeur zimbabwéen, qui prétend avoir reçu l'idée de Dieu (de la Bible) dans un rêve, a inventé une télévision autonome qui n'a pas besoin d'électricité, utilise des fréquences radio et n'a pas besoin d'être rechargée parce qu'elle se charge toute seule. Pourtant, le monde occidental ne lui a pas permis de déposer un brevet, car s'il ne le fait pas, il sera copié, tout comme dans le passé, de nombreuses idées et inventions africaines ont été volées et souvent attribuées à des personnes d'autres races.

Maxwell Chikumbutso, du Zimbabwe, est un ingénieur autodidacte qui a abandonné l'école à l'âge de 14 ans. Il est connu pour avoir mis au point une technologie d'énergie verte qui, affirme-t-il, est révolutionnaire parce qu'elle convertit les fréquences radio directement en énergie propre et renouvelable. Il affirme qu'il n'a pas pu faire breveter son travail parce qu'on lui a dit que sa découverte violait les lois de la physique !

Source: SABC NEWS SABC NEWS

La société Saith Technologies de Maxwell Chikumbutso a fabriqué les premiers prototypes utilisant sa technologie exceptionnelle. Il a fabriqué la première voiture électrique au monde qui convertit les fréquences radio en énergie. En d'autres termes, sa voiture électrique n'a pas de système de recharge en raison du mouvement perpétuel. Seulement de l'énergie pure.

Des mesures doivent être prises pour arrêter la fuite des cerveaux en Afrique, un système de détection des talents créatifs dès le plus jeune âge : dès le jardin d'enfants, les personnes ayant des tendances créatives peuvent être explorées pour des inventions, afin de recevoir des subventions ainsi qu'un accès à l'éducation et à l'orientation dans les domaines de travail nécessaires pour que leurs créations se matérialisent commercialement. En outre, l'attribution de prix et de diplômes et la création d'un centre pour les créateurs dans chaque pays et dans chaque école.

Les revenus et les redevances des inventions réalisées par les Africains doivent revenir à l'Afrique sous forme d'investissements locaux fixes et de salaires.

La représentation de l'Afrique comme un continent pauvre.

Certaines personnes pensent encore que l'Afrique est un pays, sans savoir qu'il y a 55 pays en Afrique, d'autres disent simplement "je viens d'Afrique" au lieu de nommer le pays d'où ils viennent, d'autres pensent que les Africains vivent avec les lions dans les arbres et les buissons et qu'ils ont des queues. Si certains Noirs semblent avoir honte de s'identifier comme tels lorsqu'ils sont parmi leurs amis non noirs, honte à vous.

L'Afrique compte 11,7 millions de kilomètres carrés, plus de 67 grands fleuves, près de 2 000 langues que certains qualifient de dialectes et au moins 75 langues comptant chacune au moins un million de locuteurs. Les langues africaines étaient considérées comme des dialectes, et les dialectes européens ont été donnés aux Africains et convaincus de les appeler des langues, des dialectes tels que le portugais, l'anglais, le français, etc.

L'Afrique est belle, l'Afrique est riche et l'avenir est en Afrique. Apprenez à bénir l'Afrique avec vos mots, car nos mots ont le pouvoir de changer notre environnement. Dites "l'Afrique est un continent très prospère", on nous a souvent appris à dire et à penser le contraire et les médias internationaux dépeignent souvent l'Afrique sous un mauvais jour, non seulement cela, mais les Noirs sont souvent dépeints de manière péjorative dans la société, dans les films, dans les livres d'histoire à la télévision, parce que les méchants et Satan savent que si vous êtes convaincus de quelque chose assez longtemps, vous le deviendrez. Si la musique peut vous convaincre que vous n'êtes pas bon, que vous êtes un prostitué, que vous êtes un tueur, un nègre ou un voyou, vous le deviendrez assez vite.

Se regarder dans le miroir

Regardez-vous comme quelqu'un de beau et n'ayez pas honte des traits de votre visage : vos cheveux, votre nez, vos lèvres, apprenez à voir votre race comme quelqu'un de beau. Ne vous sentez pas offensé si quelqu'un se moque de vous en disant que vous avez les cheveux nus ou le nez large. Pensez au nombre de coiffures que vous pouvez faire avec vos cheveux, vos cheveux naturels sont magnifiques.

N'oubliez pas que la peau noire vieillit plus gracieusement, nous sommes durables et résistants.

Que signifie vraiment "nigga"?

Pourquoi la plupart des gens se sentent-ils offensés par un mot dont ils ne connaissent même pas le sens?

La plupart du temps, les gens vous traitent de nègre parce que vous vous sentez offensé. Si vous cessez de vous sentir offensé, les gens cesseront de vous traiter de nègre, je me souviens d'une fois où une personne d'une autre race m'a dit : Je me souviens d'une fois où une personne d'une autre race m'a dit : "C'est parce que tu es noir?" d'une manière offensante, je n'y ai même pas prêté attention et je lui ai dit : "Tout ce que je veux, ce sont mes enregistrements" parce que j'étais en studio et qu'il avait certaines de mes productions, j'ai donc complètement ignoré le fait qu'il me traitait de noir, il s'est senti très désarmé parce que c'était la seule arme qu'il voulait utiliser contre moi. Je suis noire et fière, et n'oubliez pas que vous pouvez toujours répondre à une personne blanche que "vous ressemblez à un bonhomme de neige" ou que "le papier toilette est blanc", mais en fait, la plupart des personnes qui se disent blanches ne le sont même pas ou sont plutôt roses ou d'une autre couleur pâle.

À un moment donné, les Noirs ont été exhibés dans des zoos par d'autres races.

Si quelqu'un vous traite de singe parce que vous êtes foncé, vous pouvez répondre "ours polaire", parce que vous avez la peau claire, mais le but n'est pas de se traiter de tous les noms, mais de vous apprendre à ne pas vous sentir inférieur lorsque quelqu'un parle de la couleur de votre peau, car si les Noirs sont issus de singes, il en va de même pour les non-Blancs.

La Bible dit que Dieu avait une apparence de bronze et la couleur de la pierre de Jasper, donc Dieu est brun rougeâtre, ce qui est considéré comme noir.

Les poux semblent plus fréquents chez les Caucasiens, les Hispaniques et les Asiatiques que chez les Afro-Américains. Par exemple, moins de 0,5 % des écoliers afro-américains ont des poux, contre environ 10 % des écoliers d'autres races.

Sachez que l'esclavage n'a pas toujours été le fait des Blancs sur les Noirs, mais qu'il s'est aussi produit dans l'autre sens, et que dans les deux cas, c'est une erreur : aucune race ne devrait en réduire une autre en esclavage. On estime que le nombre d'esclaves blancs dans la servitude maure atteignait 1,2 million en 1780, les Noirs maures réduisant les Blancs en esclavage.

Personnellement, j'ai des amis caucasiens qui sont comme des frères et n'oublions pas qu'il y a beaucoup d'Africains blancs aujourd'hui, et j'ai aussi des amis latinos, asiatiques et indiens.

Mais les Africains blancs doivent apprendre qu'ils ne peuvent pas penser qu'en raison de leur couleur et de leur histoire, ils doivent être considérés comme ayant un statut social plus élevé et avoir la priorité en matière d'opportunités d'emploi et de propriété par rapport à leurs homologues noirs qui sont les véritables natifs de la terre, ils ne devraient pas bénéficier d'un traitement spécial et, bien sûr, il n'est pas juste que dans des pays comme le Zimbabwe et l'Afrique du Sud, la plus grande partie des terres et des entreprises soit détenue par une minorité de Blancs dans un pays majoritairement noir, vous voyez rarement des mendiants blancs en Afrique.

Il en va de même pour les Chinois et les autres races qui occupent des postes prioritaires en Afrique pour soumettre la majorité des propriétaires terriens.

Par exemple, beaucoup d'Africains qui émigrent un peu partout, au Portugal par exemple, sont assujettis à des emplois de nettoyage et de restauration, tandis que les Portugais qui émigrent au Mozambique sont des directeurs d'entreprise.

Habituellement, la race qui prédomine dans un pays est différente de celle qui le gouverne, et ce n'est pas juste, les Africains doivent concentrer le pouvoir et les mains des Noirs.

Les Noirs doivent également être conscients que de nombreux dirigeants qui ont épousé des personnes d'autres races n'ont pas été en mesure de favoriser leur race noire parce qu'ils étaient mariés à quelqu'un d'une autre race, et qu'ils ont fait des compromis.

Parfois, vos amis blancs vous diront : "tu es comme nous" ou "tu n'es pas noir", parce que lorsqu'ils vous connaissent, ils ne vous considèrent pas comme noir parce qu'ils ont associé le noir à certaines attitudes que vous n'avez pas, ce qui n'est pas un compliment.

En règle générale, un homme noir avec une femme blanche est considéré comme plus souhaitable pour occuper un poste de direction dans un pays blanc qu'un homme noir avec une femme noire, et de nombreux dirigeants africains en ont été victimes dans le cadre de mariages interraciaux. On ne voit pas de dirigeants occidentaux mariés à des personnes de races différentes, en particulier à des Noirs, et il y a une raison à cela, de même qu'il est rare de voir un Blanc au pouvoir épouser une Noire. Pourquoi en est-il ainsi?

Tout comme la tactique consistant à employer une personne noire pour pouvoir exercer le racisme à travers cette personne noire contre une autre personne noire, sachant que l'accusation de racisme devient un non-sujet, cela s'est produit, même pendant l'esclavage, c'est ce qu'on appelle "le syndrome de l'oncle Tom".

Pour maintenir la suprématie blanche, des groupes de haine raciale ont vu le jour, ce qui n'est pas conseillé. Dans l'histoire, le Ku Klux Klan (KKK) est un groupe de personnes qui se considèrent comme blanches et s'habillent en blanc (Européens-Américains), qui a été associé au meurtre de Noirs.

Les Panthères noires étaient un groupe de Noirs vêtus de noir qui cherchaient à riposter.

Dans l'histoire plus récente, des mouvements tels que "black lives matter" et "white lives matter" se situent aux extrémités opposées du spectre de leurs races respectives.

Les partis politiques ont lutté pour la libération de l'Afrique du colonialisme et même de l'apartheid (un système d'oppression blanche en Afrique du Sud) avec le légendaire leader de l'A.N.C. Nelson Mandela qui a été incarcéré pendant 27 ans pour avoir lutté contre ce dernier, le M.P.L.A. en Angola, Sam Nujoma en Namibie avec la SWAPO politique.

Récemment, Julius Malema, membre des Combattants pour la liberté économique, un autre parti d'Afrique du Sud, s'est opposé non pas à la structure du pouvoir blanc, mais aux nouveaux gouvernements noirs, arguant d'une mauvaise gestion du pays et de ses ressources. Lorsque des mouvements tels que l'UNITA, dirigé par Jonas Savimbi, qui a mené une guerre civile sanglante jusqu'en 2002 en Angola, et plus récemment des dirigeants tels qu'Aldalberto

Costa Junior et Abel Chivukuvuku, affirment que l'Afrique s'est débarrassée du colonialisme, mais pas de la pauvreté et du néo-colonialisme, beaucoup affirment que l'Afrique s'est débarrassée du colonialisme.

En Afrique du Sud, les Blancs possèdent toujours la majorité des terres, même s'ils sont minoritaires dans le pays, et le noir reste la couleur la plus associée à la pauvreté. De même, au Zimbabwe, Robert Mugabe s'est efforcé de mettre fin à cette disparité dans la répartition raciale des terres et à la pauvreté, mais il a subi des sanctions de la part des puissances occidentales qui ont fait dérailler l'économie encore davantage.

Les dirigeants noirs tels que Barack Obama, qui occupent également des postes de direction et de gestion, se sont vus confier la position, mais pas le pouvoir, de servir de marionnette, de visage noir pour nettoyer l'image de l'entreprise contre les accusations de racisme et de discrimination.

La stratégie consistant à monter les Noirs les uns contre les autres est utilisée depuis longtemps pour créer des conflits en Afrique, des coups d'État et des guerres financés par les pays occidentaux pour créer l'instabilité et la guerre en Afrique.

Psychologiquement, on assiste à une guerre de destruction de la race noire.

Il faut une nouvelle loi pour interdire la terminologie où les mots pour tout ce qui est mauvais sont considérés comme noirs, par exemple : chantage, jour noir, ou le fil indiquant le négatif dans la batterie d'une voiture est le câble noir, ces mots doivent être changés.

N'oublions pas les personnes qui ont eu un cancer de la peau pour avoir blanchi leur peau, ou d'autres qui ont utilisé des lentilles pour changer la couleur de leurs yeux et qui ont eu des problèmes oculaires.

L'unité est la clé du développement de l'Afrique.

Une maison divisée ne résiste pas. Il est essentiel que les Noirs du monde entier vivent comme un seul homme. Nous devons établir un code d'unité selon lequel toute personne noire vivant dans un rayon de 3 miles doit interagir avec une autre personne noire et être comme une famille, avec la création de centres de la communauté noire dans chaque township et dans chaque coin du globe, en soutenant les familles noires sur le plan financier, en les conseillant et en leur offrant un lien spirituel biblique.

Après cela, la première étape pour être libéré est de renverser le récit sur l'Afrique, les Africains et les Noirs. Arrêtez d'écouter de la musique, de lire des articles ou d'écouter des histoires et de croire des choses négatives sur les Noirs et l'Afrique en particulier, ne laissez personne vous convaincre que vous n'êtes pas intelligent ou capable de réussir, parce que même la Bible dit "Tel qu'un homme pense, tel il est". On devient ce que l'on pense de soi et on agit en fonction de ce que l'on pense de soi. Alors, à partir de maintenant, commencez à penser de bonnes choses à votre sujet et à vous comporter de la même manière.

Ta noirceur n'est pas un obstacle et elle ne déterminera certainement pas ton destin et ton présent. Tu es une personne accomplie en Dieu qui a mis en toi tous les outils pour réussir si tu y crois et si tu travailles pour atteindre ton but. Trouve ta vocation, ton but, ce en quoi tu es doué et c'est là que tu trouveras ta valeur.

Autrefois, il y avait l'esclave de maison. Les Noirs doivent apprendre à s'unir, même pendant l'esclavage il y avait des divisions entre les Noirs qui ont permis à l'esclavage d'avoir lieu et même aujourd'hui nos gouvernements doivent apprendre à soutenir leur propre peuple et à ne pas le vendre aux intérêts étrangers et à leurs propres intérêts privés, le bien-être de la majorité doit être au-dessus de l'objectif individuel de ceux qui sont au pouvoir.

Cessons d'être la race la moins unie et devenons la race la plus unie, dans les organisations, dans la diaspora, dans nos pays d'origine et partout où les Africains doivent s'unir.

Parce que la devise "diviser pour mieux régner" nous sépare et nous affaiblit depuis bien trop longtemps, cessez de vous incliner devant les autres races et de haïr la vôtre, et considérez-vous comme égaux, car les autres races ont tendance à se marier davantage entre elles et nous devons faire preuve de la même cohérence en nous mariant entre nous, sinon nous perdrons une étape dans la course à l'équilibre racial et à la procréation.

Les communautés africaines à l'étranger devraient établir le code africain, ce qui signifie que chaque Africain dans chaque partie du monde, s'il ne salue pas, ne nourrit pas ou n'aide pas à créer une opportunité d'emploi pour un autre Africain, a manqué à son devoir envers l'Afrique.

De même, si vos enfants sont nés dans la diaspora et que vous ne parvenez pas à leur enseigner la langue maternelle africaine, vous avez manqué à votre devoir envers l'Afrique.

Les ambassades des différents pays doivent s'interconnecter pour organiser des événements réunissant des Africains et créer un réseau d'interaction sociale entre les pays africains et les Noirs du monde entier. Si vous êtes Sud-Africain, sachez que les Sénégalais, les Nigérians du monde entier sont vos frères et sœurs, alors que nous pensons souvent que les colonisateurs sont nos frères et sœurs, en réalité nous sommes tous une famille, les Noirs doivent se serrer les coudes.

Il est important que les gouvernements créent des opportunités d'emploi pour chaque jeune Africain dès l'âge de 15 ans, qu'ils créent suffisamment de logements pour que chacun puisse s'y installer et fonder une famille, qu'ils soient subventionnés par le gouvernement ou par tout autre fonds créé par le gouvernement.

Il est important d'abandonner la culture des mères africaines consistant à élever leurs fils et leurs filles au-delà de l'âge de 18 ans, ainsi que la culture consistant à avoir beaucoup d'enfants sans pouvoir subvenir à leurs besoins et à attendre des membres de la famille et des amis qu'ils subviennent à leurs besoins à leur place. En Afrique, beaucoup de femmes attendent de leurs frères qu'ils subviennent aux besoins de leurs enfants.

Si vous n'avez pas assez d'argent et que vous ne travaillez pas, ne faites pas plus d'enfants que vous ne pouvez en entretenir vous-même. Une loi devrait être créée pour mettre un terme à cette pratique. Apprenez également à vos enfants que lorsque des membres de leur famille les aident, ce n'est pas parce qu'ils sont obligés de le faire, mais parce qu'ils sont compatissants, ce n'est pas un devoir, c'est par amour.

Et même si vous n'avez pas d'argent à rendre aux gens, vous avez vos services, vos mains et votre temps pour les aider, ne vous contentez pas d'aller chez les gens pour vous asseoir et manger, soyez reconnaissants, soyez utiles.

La communication entre les Noirs.

Cessez d'appeler les femmes des salopes et des putes, et les hommes des dawgs ou des boys, l'utilisation d'un langage péjoratif les uns envers les autres a été conçue et placée dans nos esprits et notre communication pour s'assurer que nous nous rabaissons les uns les autres, sans le savoir, en utilisant des termes négatifs.

Nous sommes programmés pour nous considérer comme des voyous plutôt que comme des hommes, et les femmes sont programmées pour se considérer comme des stripteaseuses et des prostituées. Cela a été conçu par d'autres races qui contrôlent les médias et paient même des artistes noirs pour perpétuer ces façons de faire et façonner notre comportement et notre psychologie afin de nous maintenir en esclavage mental et de nous empêcher d'aspirer à être au sommet de la société, que ce soit sur le plan professionnel, en ne permettant pas aux Noirs de se considérer comme capables d'être avocats, policiers, savants, pilotes ou scientifiques, etc. Commencez à vous appeler les uns les autres "fils bénis du Très-Haut", la Bible dit que l'homme est ce qu'il pense, et n'oubliez pas que lorsque vous exprimez quelque chose, vous prophétisez sur cette personne, car les mots ont le pouvoir spirituel d'affecter la personne.

Une loi devrait être adoptée pour interdire aux artistes, aux médias et à la société de véhiculer de mauvais stéréotypes sur les Noirs.

Women King est un film d'émancipation subliminal, il faut apprendre aux femmes à être féminines et non masculines.

Pourquoi les hommes noirs doivent-ils être représentés comme des criminels dans les films? Et pourquoi faut-il qu'ils soient incarcérés dans les clips musicaux? Cette culture qui glorifie ce mode de vie vise à programmer les Noirs pour qu'ils vivent de cette manière. Pourquoi les films ne peuvent-ils pas montrer des Noirs comme présidents, avocats, juristes ou écrivains?

Comme nous le voyons, le système carcéral dans de nombreux pays, comme en Amérique, est conçu pour incorporer davantage de Noirs. Si le taux d'incarcération a le plus diminué ces dernières années, les Noirs américains restent beaucoup plus susceptibles d'être emprisonnés que leurs homologues hispaniques et blancs. Fin 2018, le taux d'incarcération des Noirs était près de deux fois supérieur à celui des Hispaniques (797 pour 100 000) et plus de cinq fois supérieur à celui des Blancs (268 pour 100 000).

En Afrique, il est important que les détenus soient productifs dans l'agriculture, le travail industriel et d'autres activités plutôt que d'être en prison et de ne pas travailler.

Il est important d'incorporer des études bibliques dans chaque prison et d'enseigner une profession afin que les détenus puissent travailler lorsqu'ils sont libérés, l'État doit les aider à trouver un emploi. Il est également important qu'ils poursuivent les études bibliques après leur sortie car la réforme spirituelle de la personne déterminera également la réforme sociale.

Les condamnés, les détenus et les Noirs sous-payés en général doivent avoir accès à des avocats gratuits (pro bono).

En Amérique, les Noirs dépensent environ 1 600 milliards de dollars par an en biens et services, et 95 % de cet argent est dépensé pour acheter des biens en dehors de la race noire

; si les Noirs pratiquaient l'économie de groupe et achetaient des biens à d'autres Noirs, la race s'en sortirait financièrement ; les Noirs doivent posséder davantage d'entreprises. Soyez honnêtes avec vos dépenses : quel groupe racial financez-vous? Ne financez pas la disparité financière pour donner du pouvoir aux autres races, vous les financez pour ensuite les supplier de vous donner du travail. L'esclavage financier ne prendra fin qu'avec la fin de la dépendance en matière de propriété de biens et de services fabriqués par d'autres races, ainsi qu'avec les chiffres de l'employabilité en fonction de l'appartenance ethnique.

Créer un code de conduite en matière de communication.

Les Noirs ne parlent pas mal des Noirs.

Il faut également prêter attention au système éducatif, car il est conçu pour donner aux Noirs des notes inférieures et, dans de nombreux cas, les enfants en bas âge sont placés dans des classes spéciales au motif qu'ils apprennent lentement.

La tendance à infliger aux Noirs des peines plus lourdes pour des délits similaires et à leur offrir des emplois moins bien rémunérés pour des postes à responsabilité sans pouvoir est également une lutte contre leur ascension.

Si nous, les Noirs, voulons de meilleurs emplois, nous devons commencer à posséder des entreprises et à employer nos propres employés, principalement, et en Afrique, posséder leurs ressources minérales et prendre le contrôle de la circulation de l'argent et créer un système où l'argent tourne et passe de main en main au sein de la communauté noire pour prospérer, et arrêter d'attendre que d'autres races vous nourrissent.

En ce qui concerne l'argent de la réparation de l'esclavage, le Dr Martin Luther King parlait de réparations d'un montant de 10 milliards de dollars et a été tué, l'avocat Johnny Cochran parlait de réparations et est mort, le Dr Umar Johnson, actuellement panafricaniste, défend l'idée que la réparation devrait inclure des choses telles que la propriété foncière, les redevances de toute la musique et de tous les divertissements noirs et pas seulement l'argent, parce que l'argent peut se dévaloriser.

Certaines personnes disent qu'elles sont riches mais tout ce qu'elles ont, c'est de l'argent. Beaucoup de gens semblent confondre la pauvreté avec l'humilité, ils semblent avoir honte de dire le mot pauvre, le remplaçant par le mot humble, l'humilité est un trait de caractère et un comportement, pas une condition financière. Créons une population de personnes désintéressées, humbles et aimantes, même envers les personnes de races différentes.

Restaurer l'identité architecturale de l'Afrique

En créant des logements respectueux de l'environnement : le coût et l'efficacité énergétique réduiront l'utilisation globale de combustibles et d'énergie, il faudra également tenir compte des conditions environnementales et des matériaux renouvelables et réutilisables.

Conseils nutritionnels

Thérapie par chélation

Bio

Éviter les aliments à micro-ondes

Éviter les radiations des téléphones portables

Boire de l'eau de source

Se reposer

Faire de l'exercice

Dormir

Sourire

S'exposer à la lumière du soleil

Évitez le stress excessif

Apprenez à vous détendre

Comment protéger les veuves noires, les orphelins et les personnes âgées.

En leur donnant des terres, des pensions et des incitations financières pour qu'ils transmettent leur savoir aux jeunes générations, ainsi que des logements et des soins de santé subventionnés, ils peuvent également jouer le rôle de conseillers dans leur quartier.

Un système devrait être créé afin de payer leurs factures de santé, leur transport vers les hôpitaux et leur nourriture, ainsi que leur logement.

Les enfants noirs d'Afrique sont connus pour créer leurs propres jouets et jeux comme la marelle, le double dutch ou le cache-cache. Cette aptitude à être des créateurs et des ingénieurs nés dans toute l'Afrique démontre un génie créatif qui n'a pas été pris en compte pour la croissance commerciale, les adultes n'ont pas réussi à capitaliser sur cela pour diriger ces enfants et leurs jeux et jouets apparemment sans valeur vers des environnements et des études plus professionnels afin de tirer profit de ces compétences et idées dans le commerce.

Pour protéger les enfants et les adolescents des drogues, il est également important de les éduquer très tôt contre les effets spirituels et biologiques dévastateurs de la drogue, en les équipant spirituellement pour qu'ils puissent lutter contre les forces spirituelles qui entourent ces vices.

Dans les cliniques de réhabilitation, les prières doivent être intégrées au processus, car la personne a besoin d'être restaurée spirituellement pour être restaurée physiquement.

Les inventeurs investissent

L'Afrique doit créer ses propres pratiques agricoles en évitant les pesticides dangereux et en maintenant son état organique et naturel pour une alimentation saine et en évitant les itinéraires génétiquement modifiés. Grâce à ces mesures, les agriculteurs traditionnels doivent être dotés de moyens financiers et d'outils leur permettant de s'éloigner des méthodes modernes de culture artificielle. Les maladies modernes sont apparues avec la mauvaise qualité des aliments artificiels, gardons le continent avec les aliments les plus naturels pour qu'il devienne le plus sain, cela maintiendra une main-d'œuvre forte et réduira l'absentéisme au travail, le besoin de médicaments et les dépenses dans les hôpitaux.

Il est nécessaire de développer ses propres médicaments à base d'ingrédients et d'herbes naturels, loin des médicaments toxiques qui ont été mondialisés.

Il convient de mentionner le Dr Sebi et le fait que son alimentation cellulaire devrait être utilisée comme pratique courante. Il faudrait apprendre aux Africains à marcher au moins une heure par semaine et leur enseigner de bonnes habitudes alimentaires afin de constituer la population la plus saine de la planète.

Les dépenses et les investissements technologiques doivent augmenter en Afrique. La technologie et le savoir-faire de l'Asie et de l'Inde constituent de bonnes alliances.

Nous devons créer des centres d'invention pour les enfants et des initiatives dans le domaine de la fabrication.

Les femmes en Afrique

La révolution de la virginité s'étendra de l'Afrique au monde entier.

Les femmes africaines doivent honorer leur corps et n'avoir de relations sexuelles qu'après le mariage. Les rencontres devraient être abolies, ainsi que le processus. Le mariage devrait se limiter à devenir une épouse et à se marier, sans aucun contact. Cela offre une protection spirituelle contre les forces opportunistes malfaisantes qui s'introduisent par la fornication prénuptiale, ainsi que d'autres avantages.

La monogamie devrait être la norme. Les hommes doivent être préparés à devenir des gentlemen et les femmes des dames. Le respect doit être enseigné dès le plus jeune âge, par exemple en ouvrant la porte, en se levant pour laisser passer les personnes âgées, en offrant des fleurs, en étant romantique.

Les femmes ne doivent pas agir comme des hommes et les hommes ne doivent pas agir comme des femmes.

La tradition selon laquelle les femmes perdent leur virginité pendant leur lune de miel et la famille montre les draps avec le sang dans une ambiance festive devrait être la norme, montrant une famille fière qui célèbre le fait que sa fille lui a été donnée vierge.

Il faut adopter des lois interdisant l'avortement obligatoire, en prévoyant des exceptions médicales. Nous pourrions mettre fin à l'assassinat de bébés délibérément dû à la fornication.

L'Afrique devrait être le continent où la femme est la plus naturelle, avec l'augmentation des pratiques telles que la chirurgie plastique, le botox, les implants fessiers, de fausses formes de beauté sont apparues, certains prétendent que cela devrait être puni par la loi que les femmes peuvent utiliser du maquillage qui modifie plus de 40 % de leur apparence, Au Japon, un homme a poursuivi sa partenaire en justice après avoir découvert son vrai visage, et un autre à Taïwan parce qu'elle ne l'avait pas informé de ses précédentes opérations de chirurgie plastique visant à modifier son apparence.

Il est important de doter les femmes de compétences leur permettant de subvenir à leurs besoins professionnels et d'être employables, afin d'éviter qu'elles ne deviennent des proies faciles pour l'exploitation sexuelle et la prostitution.

La seule façon de s'assurer que l'homme peut subvenir aux besoins de la femme est de donner aux hommes les salaires les plus élevés, ce qui va à l'encontre du mouvement d'émancipation des femmes, qui n'est pas biblique.

Le rôle familial traditionnel reste la norme, car les femmes sont mieux équipées pour s'occuper de la maison et des enfants. Les nouveaux modèles qui contredisent ce format ont échoué, car les taux de divorce ont augmenté. Les nouveaux modèles qui contredisent ce modèle ont échoué, car les taux de divorce ont augmenté. Les femmes doivent donc toujours s'occuper des enfants et être plus domestiques que les hommes, mais si elles peuvent concilier vie professionnelle et vie privée, c'est encore mieux, mais elles ne doivent pas donner la priorité à l'argent au risque de perdre leur famille et leurs enfants.

Des logements subventionnés pour les couples qui se marient vierges, ainsi que des subventions pour les années de mariage, et des pénalités financières en cas de divorce pour la partie fautive. Il faudrait également interdire aux entreprises de diviser les familles en proposant aux conjoints de travailler dans des régions différentes, ce qui les oblige à se séparer, les offres d'emploi doivent prendre en considération le fait de garder la famille unie, et les vacances doivent être accordées après le mariage.

Une Ghanéenne a accouché à 60 ans, une femme connue sous le nom de Mama Uganda a eu 44 enfants à 41 ans.

Tout comme l'Indonésie est prête à punir les relations sexuelles avant le mariage par des peines de prison, l'Afrique devrait faire de même.

Le renouveau spirituel en Afrique

Contrairement à ce que beaucoup de gens pensent, le christianisme n'est pas une religion créée par les Blancs pour dominer les Africains. La Bible devrait être le principal livre religieux de l'Afrique et la reconnaissance de Jésus comme le fils de Dieu et de Dieu le Père comme le seul Dieu créateur de la terre, que seuls les Africains devraient vénérer.

L'introduction de l'adoration dans les jardins d'enfants, d'études bibliques dans les écoles et dans les emplois, ainsi que l'obligation de prier et de louer, contribueront au réveil de l'Afrique.

Le réveil se produira à partir de l'Afrique et de la race noire dans le monde entier. L'objectif est d'avoir quatre dates par an où tous les Africains jeûnent et prient le Dieu biblique. Des mesures sont également prises pour que Noël et Pâques soient célébrés en incorporant leur véritable signification par le culte, la louange, la lecture de la Bible et la prière plutôt que par le lapin de Pâques, l'arbre de Noël et l'échange de cadeaux.

Code moral africain

Établir des lois contre le changement de sexe, en particulier chez les enfants, et des lois interdisant l'habillement indécent en public et dans les médias, ainsi que des lois contre le péché de l'homosexualité et du lesbianisme. Ces choses sont enseignées mais sont aussi spirituelles, par l'éducation et l'engagement spirituels ainsi que par le comportement et l'enseignement moral, ces questions peuvent être traitées avec succès.

Il s'agit de lutter contre l'inversion des valeurs, où les gens sont convaincus que le mal est le bien, où l'argent et la cupidité corrompent le monde, où les gens pensent qu'ils ont la liberté de faire ce qu'ils veulent ou ce qu'ils ressentent, où l'indécence est en hausse, Les femmes affichent leurs atouts sur l'internet sans honte, et elles pensent que c'est moderne. Cela doit également être réglementé par la loi

Ne perdons pas confiance en l'humanité, créons une loi contre la violence domestique. La tendance actuelle au culte des ancêtres et à la sorcellerie est impie : Dans la Bible, les Éthiopiens, les Soudanais et les Africains adoraient le vrai Dieu, mais beaucoup sont convaincus du contraire. Cela s'est produit bien avant que les Blancs ou les catholiques n'utilisent la Bible comme une arme de colonisation en déformant la vérité, la Bible n'est pas un livre sur la divinité blanche.

PLAN D'ÉDUCATION POUR LA DIASPORA

Nous devons viser la création d'écoles africaines dans la diaspora sur tous les continents, d'écoles et d'instituts en ligne enseignant non seulement les langues africaines maternelles, mais aussi des cours réguliers et des programmes permettant à la diaspora d'interagir avec ses homologues d'Afrique, un réseau de la diaspora africaine. Ce même réseau devrait être destiné non seulement aux étudiants, mais aussi aux personnes employées, avec une base de données des différentes professions et compétences. Le partage des points communs et le partage des ressources et des compétences devraient être encouragés par une plateforme créée à cet effet.

Les ambassades devraient élaborer un plan décennal pour la diaspora chaque décennie, et il devrait y avoir un plan commun pour toutes les diasporas.

Les soins de santé devraient être gratuits pour tous les Africains, de même que le logement, avec la création d'un plan de santé commun entre les hôpitaux du continent, le partage des technologies et la connaissance du personnel et des patients.

La diaspora hispanique est très douée pour enseigner l'espagnol à ses enfants, même s'ils sont nés à l'étranger et que beaucoup d'entre eux parlent espagnol. La diaspora africaine doit apprendre à faire de même, et même les fils d'immigrés africains qui sont nés à l'étranger devraient se rendre en Afrique chaque année pour enseigner aux enfants leur pays d'origine et parler la langue.

Si vos enfants ont grandi à l'étranger parce que vous voulez leur donner une vie meilleure et que vous êtes fier de leur enseigner une langue comme l'anglais ou le français, mais si vous ne leur avez pas enseigné votre langue maternelle, vous avez échoué, si vous n'avez pas réussi à garder le contact avec leurs racines ou si vous ne leur avez pas permis d'aimer l'Afrique, de même, si vous vivez en Afrique et que vous n'enseignez pas à vos enfants la langue maternelle, l'africanisme et le patriotisme, vous avez également échoué.

Si vos enfants sont nés à l'étranger, donnez-leur le passeport de votre pays d'origine parce qu'il y aura des moments où l'Afrique sera l'endroit le plus sûr du monde, surtout en cas de crise économique et de pandémie. En raison d'une éventuelle crise économique, ne laissez jamais tout votre argent à la banque. Il est sage d'épargner de l'argent liquide à la maison, de transformer une partie de votre argent en or ou en d'autres actifs résistants à la récession, et aussi de construire votre source de nourriture autonome comme l'agriculture ou l'élevage en préparation à l'effondrement économique du système financier mondial.

Il serait bon d'avoir une maison payée en Afrique ou dans un endroit où elle est gratuite ou où vous ne payez pas de taxe d'habitation élevée.

Redéfinir l'alphabétisation en fonction des normes africaines: si vous ne parlez pas un dialecte ou si vous ne connaissez pas la réalité africaine, vous êtes analphabète.

Une certification constante est nécessaire pour rester compétitif sur le marché du travail.

Le développement doit être redéfini en fonction des normes africaines. Personnellement, je crois que le succès est d'avoir le salut à la fin de sa vie.

Il faut réfléchir à de nouveaux modèles économiques et à une redéfinition de l'avancement, à un système social plus équilibré entre les ressources, l'équilibre social et l'humanité, et qui ne transforme pas les gens en êtres avides de capital et déshumanisés, qui ne pensent et ne donnent la priorité qu'à l'argent plutôt qu'à l'interaction sociale, qui doit être prise en compte. Ce modèle pourrait prendre le meilleur du capitalisme et le meilleur du socialisme, et éviter leurs erreurs et leurs chutes.

Il faudrait créer une base de données à laquelle chaque Noir et chaque Africain pourrait accéder et connaître les besoins de chaque pays en termes d'investissement et de pénurie dans des domaines tels que l'éducation, l'alimentation, l'agriculture, les familles, etc.

Des organisations telles que la NAACP se sont révélées inefficaces, et la plupart du temps, ces institutions sont infiltrées et dirigées par le pouvoir blanc, bien qu'elles prétendent lutter pour les Noirs.

Ces derniers temps, on entend beaucoup parler de l'IUIC (Israel United in Christ), apparemment associé à la philosophie du mouvement israélite noir.

Il est nécessaire de créer davantage d'universités et de collèges historiquement noirs (HBCU) dans le monde entier; le Dr Umar Johnson est en train d'en créer un.

Le capitalisme familial, code d'inversion de l'exploitation

Dans de nombreux pays, les familles partagent les biens et les richesses, car les Africains sont traditionnellement très accueillants et festifs, et l'esprit d'hospitalité est présent au sein des familles : "Ma maison est ta maison".

Tous les mercredis et samedis en Angola, il est de tradition de cuisiner des plats traditionnels tels que le Calulu, le Muamba et le Funge dans les centres de loisirs. À l'époque coloniale, les Noirs devaient s'unir, manger et danser au son de la musique live à Luanda, où des groupes tels que les kiezos et des chanteurs comme Urbano de Castro chantaient des sons révolutionnaires souvent mélancoliques, alternant avec des airs joyeux et dansants.

Les week-ends entre amis et parents sont importants pour les Africains afin de célébrer à la même table : la culture, la musique, la nourriture et les boissons, mais comme les valeurs familiales sont traditionnellement très bonnes en Afrique où le voisin était notre famille, avec la tendance à la mondialisation, cela devient moins courant car les gens deviennent plus égoïstes.

Même les pauvres aiment organiser de grandes fêtes, au point que certains doivent emprunter de l'argent, demander des contributions à leurs proches ou même obtenir un crédit, au point que le lendemain, il arrive que les jeunes mariés n'aient pas de maison ou de meubles, mais qu'ils aient dépensé pour un grand mariage, contrairement à la norme dans les pays occidentaux, où l'on peut trouver un mariage avec seulement des frites et un sandwich.

Il faut équilibrer tout cela, les Noirs doivent apprendre à économiser aussi, tout en conservant leurs habitudes de base, la tendance à donner la priorité à l'apparence, à dépenser beaucoup d'argent pour des bijoux, un téléphone coûteux, des extensions de cheveux, à suivre la mode des baskets et à ne pas avoir de richesses, c'est absurde.

Il faut créer un code de conduite, car entre les familles africaines, il y a une tendance à ce qu'une famille ait plus que l'autre, ce qui crée un cycle où une famille donne toujours à l'autre famille qui ne donne jamais rien en retour, l'éducation doit être créée pour que les gens apprennent à donner et à prendre. Et pour ceux qui n'ont pas d'argent, donnez votre temps, votre force de travail et votre main à toute affaire familiale, ne soyez pas simplement un preneur, soyez réciproque et reconnaissant envers la famille qui vous a aidé dans le passé et aidez-la également dans les étapes ultérieures.

Dans certaines régions, les membres de la famille veulent venir et ne pas payer pour les services qu'ils rendent à leurs proches. Il faut enseigner la gestion responsable et faire en sorte que les membres de la famille viennent aider à financer les entreprises des uns et des autres, et non les piller.

Soutenons les entreprises africaines dans le monde entier, si vous êtes africain, où que vous soyez, soutenez les entreprises africaines : mangez dans leur restaurant, achetez leurs produits, imposons notre culture, implantons nos entreprises et nos centres culturels dans le monde entier.

L'argent doit travailler pour vous, et non l'inverse, revenus passifs.

Tous les Noirs devraient changer de nom par la loi pour adopter des noms africains et abolir les noms européens et autres, si vous êtes Africain, comment pouvez-vous vous appeler Smith ou Paulo, etc.

Refinancement de l'Afrique, investissement noir.

Le continent africain est sans aucun doute le continent le plus riche en ressources. Des ressources telles que l'or, le diamant, le pétrole, le gaz naturel, le cuivre, l'uranium, entre autres, sont exploitées dans différentes parties du continent. Presque tous les pays d'Afrique disposent d'un gisement de ressources naturelles et abritent 30 % des réserves minérales mondiales, 8 % des réserves de gaz naturel et 12 % des réserves de pétrole. Le continent possède 40 % de l'or mondial et jusqu'à 90 % du chrome et du platine.

La diaspora africaine compte 140 millions d'habitants, alors que l'Afrique en compte 1,2 milliard. Les pays les plus peuplés de la diaspora africaine sont le Brésil, la Colombie, l'Amérique, la République dominicaine et Haïti.

L'Union africaine considère la diaspora comme la "sixième région" de l'Afrique. Le nombre estimé de la diaspora africaine par région est le suivant : Amérique du Nord, 39. 16 millions ; Amérique latine, 112. 65 millions ; Caraïbes, 13. 56 millions ; et l'Europe, 3,51 millions.

Selon la Banque mondiale, plus de 40 milliards de dollars sont envoyés chaque année en Afrique subsaharienne par le biais de transferts d'argent. Le Mali se classe au neuvième rang des pays africains pour ce qui est des fonds envoyés dans le pays par les personnes à l'étranger.

Certaines économies gagneraient et d'autres perdraient dans les unions monétaires régionales et sous-régionales africaines proposées. Une union monétaire complète entre les membres de la zone monétaire de l'Afrique de l'Ouest ou de la Communauté économique des États de l'Afrique de l'Ouest serait inégalement acceptée.

Le Nigeria, dont le capital s'élève à 480,482 milliards de dollars, compte une population d'environ 202 millions d'habitants et continue de dominer la liste des pays les plus riches d'Afrique.

Maurice et le Ghana sont les pays les plus sûrs d'Afrique, Maurice est également le 28e pays le plus sûr du monde, c'est une île-nation multiculturelle, accueillante pour les familles et sûre.

Kadhafi était considéré comme un ennemi des pays occidentaux parce qu'il aspirait à des "États-Unis d'Afrique". Il espérait avoir un jour un gouvernement africain unifié, estimant que c'était le seul moyen pour l'Afrique de se développer sans l'ingérence de l'Occident.

Il voulait introduire un dinar en or pour soutenir les monnaies africaines, libérant ainsi l'Afrique de l'étalon dollar. Il a protégé les ressources naturelles de l'Afrique contre ce qu'il appelait les "pilleurs" occidentaux. "

L'Afrique a une superficie d'environ 30 365 000 km², et le continent mesure environ 8 000 km du nord au sud et 7 400 km de l'est à l'ouest.

Des études sont nécessaires dans les domaines suivants Comment appliquer de nouvelles méthodes agricoles et de nouvelles technologies pour équilibrer cet écart et permettre aux agriculteurs de subsistance de rivaliser avec les exploitations commerciales.

COMMERCE INTRA-AFRICAIN.

Selon la Banque mondiale, 12 millions de jeunes entrent chaque année sur le marché du travail, alors que seuls 3 millions d'emplois formels sont créés. Avec un âge médian de 25 ans, le continent africain est le plus jeune du monde.

Il est impératif de reconstruire l'image de l'Afrique. Les Africains doivent découvrir l'Afrique pour le tourisme, l'école, l'éducation et le mariage. La diaspora doit également considérer l'Afrique comme un endroit idéal pour réaliser ses rêves, fonder une famille, chercher un emploi, améliorer son éducation, chercher un conjoint et se marier. De nombreux Noirs sont célibataires dans la diaspora et ils doivent chercher l'âme sœur qu'ils n'ont pas trouvée en retournant dans leur pays d'origine.

Un système ferroviaire unifiant l'Afrique doit être créé, permettant aux gens d'aller du nord au sud et de l'ouest à l'est sur l'ensemble du continent. Bien sûr, il faut un plan pour éclairer l'Afrique, mais aussi pour restructurer l'infrastructure routière.

Une carte de transport pour l'Afrique doit être créée pour le continent, avec des réductions pour inclure la diaspora, y compris les voyages aériens et maritimes, ainsi que les routes et les chemins de fer.

L'abondance de religions et de langues sur le continent peut constituer un obstacle à la création d'une unité entre les différentes tribus.

L'Afrique subsaharienne abrite près de la moitié des terres utilisables non cultivées de la planète, mais jusqu'à présent, le continent n'a pas été en mesure de développer ces étendues inutilisées, estimées à plus de 202 millions d'hectares, afin de réduire considérablement la pauvreté, de stimuler la croissance, de créer des emplois et de partager la prospérité.

Chaque Africain et chaque Noir de la diaspora devrait recevoir des terres à cultiver en Afrique. Selon un nouveau rapport de la Banque mondiale intitulé "Securing Africa's Land for Shared Prosperity", les pays africains peuvent effectivement mettre fin à l'accaparement des terres, produire beaucoup plus de nourriture dans la région et transformer leurs perspectives de développement s'ils parviennent à moderniser les procédures de gouvernance complexes qui régissent la propriété foncière et à gérer cela au cours de la prochaine décennie, car l'Afrique a le taux de pauvreté le plus élevé au monde avec 47. 5 % de la population vit avec moins de 1,25 $ US par jour.

La Chine possède le plus grand système éducatif du monde. Avec près de 260 millions d'étudiants et plus de 15 millions d'enseignants dans environ 514 000 écoles (Bureau national des statistiques de Chine, 2014), sans compter les établissements d'enseignement supérieur, il est immense et diversifié.

Combien y a-t-il d'universités en Afrique? Selon la base de données Unirank en 2020, il y a actuellement 1 225 établissements d'enseignement supérieur officiellement reconnus en Afrique.

En 2021, le nombre total d'écoles en Afrique du Sud s'élevait à près de 24. 9 mille, la majorité de ces écoles étant des entités publiques, couvrant environ 91. 3 % du nombre total d'écoles, seules 2 154 écoles étaient des établissements d'enseignement indépendants.

Il existe un lien évident entre l'augmentation des populations en âge de travailler et la croissance économique. On affirme que le vieillissement est le plus grand risque dans le reste du monde, ce qui n'est pas vrai pour l'Afrique. D'ici 2100, la moitié des jeunes du monde vivront en Afrique.

L'Afrique doit réduire ses importations et augmenter ses exportations en développant la fabrication de ses propres marques et produits. Pour ce faire, l'Afrique doit consommer des produits africains et réduire la promotion des produits étrangers.

Les banques doivent garder l'argent africain en Afrique, si les Africains gardent leur argent dans les banques africaines, c'est le continent qui en bénéficie, et ils doivent investir leur argent sur le continent. Les Africains doivent cesser de placer leur argent dans des banques étrangères.

La crise de l'énergie en Afrique, avec les pannes d'électricité, n'est qu'un exemple de la nécessité d'un plan pour rallumer l'Afrique.

Il est nécessaire de créer des abris gratuits pour l'assistance alimentaire, une politique de famine zéro, personne ne devrait mourir de faim en Afrique, et pourtant l'Afrique subsaharienne connaît actuellement l'une des crises alimentaires les plus alarmantes. Environ 146 millions de personnes souffrent d'insécurité alimentaire et ont besoin d'une aide humanitaire urgente.

L'Afrique ne peut réussir qu'en s'autonomisant financièrement, en donnant du pouvoir aux populations et en leur permettant d'accéder aux richesses.

État du commerce régional en Afrique

Le total des échanges commerciaux entre l'Afrique et le reste du monde s'est élevé en moyenne à 760 milliards de dollars pour la période 2015-2017, contre 481 milliards de dollars pour l'Océanie, 4 109 milliards de dollars pour l'Europe, 5 140 milliards de dollars pour l'Amérique et 6 801 milliards de dollars pour l'Asie. Ce chiffre montre également que l'Afrique ne parvient pas à vendre des biens, généralement l'Afrique vend des ressources mais ne peut pas vendre de biens, les mêmes biens qu'ils achètent sont souvent fabriqués à partir des mêmes ressources qu'ils ont vendues.

Nous pouvons constater que les pays africains ne commercent pas beaucoup entre eux.

Le commerce intra-africain, défini comme la moyenne des exportations et des importations intra-africaines, était d'environ 15. 2 % au cours de la période 2015-2017, alors que les chiffres comparatifs pour l'Amérique, l'Asie, l'Europe et l'Océanie étaient respectivement de 47 %, 61 %, 67 % et 7 %.

LE DÉFICIT EN MATIÈRE D'ÉDUCATION

L'éducation devrait être basée sur la formation du caractère et de la personnalité plutôt que sur la simple transmission d'informations.

Les mesures doivent être prises pour protéger la main-d'œuvre locale avec des quotas, les entreprises doivent employer des personnes de la région où elles sont situées. Un programme éducatif peut également prendre en compte les besoins professionnels de chaque région du pays pour chaque décennie, et procéder à des ajustements en matière de logement, d'incitations financières, d'éducation et de relocalisation des citoyens en tenant compte de l'écart d'âge et de compétences nécessaire à l'heure actuelle et à l'avenir. Pour ces administrations locales, le conseil scolaire et le gouvernement doivent être synchronisés.

La main-d'œuvre étrangère doit venir en nombre minimal, rester le moins longtemps possible et enseigner toutes ses compétences à un grand nombre d'apprenants jusqu'à ce qu'on n'ait plus besoin d'elle.

Il est également important que les salaires des locaux soient compétitifs et que le pays n'importe pas beaucoup de main-d'œuvre étrangère avec des disparités salariales biaisées et inutiles.

Il existe de nombreuses méthodes d'évaluation des fonctions cognitives :

Le GDO-R utilise l'observation directe pour évaluer les réponses cognitives, langagières, motrices et socio-affectives de l'enfant dans cinq domaines : le développement, les lettres, les chiffres, la compréhension du langage, la vision, l'espace, la socio-affectivité et l'adaptation.

L'Afrique dépense beaucoup d'argent pour envoyer des étudiants à l'étranger, il serait plus judicieux d'investir ce même argent dans l'apport de savoir-faire aux écoles africaines, ce qui permettrait de réduire les dépenses liées aux frais de subsistance et de voyage, Les Africains peuvent ainsi bénéficier d'une éducation de qualité en Afrique, mais le système ne devrait pas dépendre uniquement des connaissances étrangères, mais surtout de nos valeurs et de notre orientation, ainsi que d'un programme d'études africain et non d'une imitation du programme d'études occidental.

En étudiant à l'étranger, il arrive souvent que les programmes ne soient pas adaptés à la réalité africaine, ce qui crée un décalage entre les diplômés qui reviennent en Afrique pour y travailler. Les programmes d'études africains devraient être adoptés en fonction des besoins et des projets du continent.

Les démographes prévoient que le nombre de jeunes en Afrique subsaharienne doublera pour atteindre 400 millions d'ici 2050 ; pour le Nigeria, ce nombre fera plus que doubler, passant de moins de 35 millions à près de 80 millions, car les spécialistes du développement considèrent que c'est l'occasion pour l'Afrique de regagner le terrain perdu.

En théorie, une augmentation rapide de la population des jeunes pourrait entraîner une augmentation de l'épargne, une hausse de la productivité et une accélération de la croissance économique. Mais pour cela, il faut que les gens soient en bonne santé et qualifiés. Une croissance rapide du nombre de jeunes nécessite une amélioration de l'accès à l'éducation et de sa qualité.

L'Afrique subsaharienne est riche en ressources énergétiques, mais elle manque d'électricité. Le Nigeria illustre bien ce problème : une économie à revenu moyen inférieur dotée d'immenses ressources énergétiques, mais dont 73 millions de personnes n'ont pas accès à l'électricité. Même en Afrique du Sud, une économie à revenu intermédiaire de la tranche supérieure, 8 millions de personnes vivent sans électricité. Selon les Perspectives énergétiques mondiales 2017, 588 millions de personnes en Afrique subsaharienne, soit plus de la moitié de la population de la région, n'avaient pas accès à l'électricité en 2016. Dans le monde, environ 1,06 milliard de personnes vivaient sans accès à l'électricité en 2016, dont plus de la moitié en Afrique.

L'importance que nous accordons à l'éducation, à l'énergie et à la fiscalité n'est pas nouvelle et a été reconnue par de nombreux observateurs africains. Les progrès dans ces domaines ont été médiocres par rapport à ce qui est nécessaire pour atteindre les objectifs de développement et par rapport à ce qui se fait ailleurs dans le monde en développement. Le potentiel de l'Afrique est miné par de faibles attentes, en particulier par l'idée que des taux de croissance annuels moyens du PIB de 3 à 4 % sont suffisants pour un développement réussi.

Les thèses et les projets des étudiants à l'université devraient ensuite être convertis en projets et mis en œuvre dans n'importe quel domaine, au lieu de rester dans le bureau du professeur à la bibliothèque de l'école. Par conséquent, il faut établir un lien entre les sociétés d'investissement, les écoles et les départements universitaires qui devraient être chargés de transmettre les projets des étudiants afin qu'ils puissent être appliqués efficacement et générer des revenus pour l'auteur également.

Les universités et les écoles de tout le continent devraient échanger des programmes.

Les pays devraient également fonder leur système éducatif sur leurs ressources, par exemple si un pays est riche en pétrole, il est logique de former des personnes dans ce domaine, mais si un pays est riche en diamants, il doit adopter son système éducatif en conséquence.

Le système éducatif devrait avoir un quota à respecter par matière, et le gouvernement doit aider, trouver et encourager les gens à s'orienter vers différents domaines, afin de créer un équilibre entre les professionnels nécessaires et les professionnels créés. C'est ce que l'on peut appeler le programme parallèle de développement éducatif, économique et social.

Si un pays a besoin de 20 000 nouveaux médecins en dix ans, mais que seulement un millier d'étudiants sont dans ce domaine, il y aura un problème. Il faut créer des incitations pour orienter les gens vers les domaines nécessaires.

Les dirigeants africains doivent être contraints par la loi d'utiliser les hôpitaux et les écoles publics du pays ainsi que leur famille.

Je redéfinis la richesse comme étant la flexibilité et le temps.

Les Africains devraient sauvegarder leurs informations importantes hors du web et à l'abri de l'espionnage technologique par le biais de dispositifs tels que les médias sociaux, les téléphones, les télévisions, etc. C'est pourquoi ils devraient même construire leur propre système.

Le siège de l'Union africaine a été construit en Éthiopie par les Chinois, mais on a découvert par la suite qu'ils avaient placé des caméras pour espionner.

La culture est forte

Les autorités ghanéennes ont pris la décision audacieuse de se libérer des chaînes des maîtres coloniaux en réinventant leurs propres uniformes scolaires. Pour aller de l'avant, les Africains pourraient suivre l'exemple du Ghana, qui a africanisé les uniformes scolaires pour leur donner une allure plus belle et plus autochtone. Le développement d'une mode typiquement africaine est indispensable, pour les cérémonies comme pour l'usage quotidien.

Les langues africaines doivent être obligatoires dans les écoles, et un dialecte africain doit être appliqué comme langue principale pour remplacer les langues occidentales qui devraient maintenant être considérées comme des dialectes.

Les écoles de langues africaines y gagneraient, de même que les œuvres littéraires, l'art, etc.

La création d'une culture forte est également un moyen d'acquérir des revenus.

Les compagnies aériennes africaines, les hommes politiques et les médias ne devraient utiliser que la langue africaine, éventuellement avec un sous-titrage en langue étrangère, mais aussi porter des vêtements africains. Les compagnies aériennes africaines devraient servir de la nourriture africaine.

La mode africaine doit être promue et placée à la place de la mode européenne standard. La liberté actuelle de s'habiller et d'exposer son corps devrait être interdite, des robes décentes et modestes qui couvrent le corps devraient être la norme selon la loi. Dans les concours de beauté, les robes et atours africains devraient remplacer les vêtements étrangers.

L'Afrique devrait également

1 Maintenir ses valeurs d'abstinence sexuelle jusqu'au mariage et les promouvoir dans les écoles, dans les concours de beauté, la pureté devrait être une norme en Afrique, pour créer un continent saint.

2 Ne pas suivre les tendances des pays occidentaux à légaliser le mariage entre personnes de même sexe.

En Ouganda, l'homosexualité est condamnée, de nombreux pays africains ont défié la pression de normaliser les relations homosexuelles, dans certains pays, elles sont punies par la loi, et cela devrait être le cas dans toute l'Afrique, l'Afrique devrait illégaliser cette pratique, d'autres déviations maritales et pécheresses devraient également être découragées. La Bible devrait être le code moral de l'Afrique et bloquer les médias entrants, les films, la musique, etc. qui véhiculent des valeurs contraires à ce code.

Le noir est beau, nous devons l'enseigner par l'éducation, les films, les livres, l'art, etc.

Combien de dirigeants africains qui parlent de révolution ont été tués?

Après avoir pris le pouvoir à l'âge de 33 ans seulement, le révolutionnaire marxiste connu sous le nom de "Che Guevara de l'Afrique", Thomas Sankara, a fait campagne contre la corruption et a supervisé d'énormes augmentations des dépenses en matière d'éducation et de santé. L'accusation a déclaré qu'il avait été attiré vers la mort lors d'une réunion du Conseil national de la révolution, le parti au pouvoir.

Il a lancé un programme de vaccination de masse pour tenter d'éradiquer la polio, la méningite et la rougeole. De 1983 à 1985, 2 millions de Burkinabés ont été vaccinés. Avant la présidence de Sankara, la mortalité infantile au Burkina Faso était d'environ 20. 8 %, elle est tombée à 14,5 % sous la présidence de Sankara.

Selon Richmond Apore, historien amateur, Thomas Sankara n'a pas suivi les conseils de ses homologues africains lorsqu'il a pris le contrôle du Burkina Faso en 1983. En l'espace de trois ans, bien que le Burkina Faso soit un pays dépourvu de ressources naturelles et de terres agricoles, en 1986, le pays était pratiquement autosuffisant et produisait deux fois plus de ressources et de nourriture qu'il n'en avait besoin pour survivre, sans aucune corruption et avec une efficacité de 100 % en vue d'une croissance nationale rapide.

Pour remettre les choses dans leur contexte, l'Éthiopie, une nation plus favorisée en termes de ressources et d'industrialisation, a été frappée par une vague massive de famine, tandis que le Ghana et la Côte d'Ivoire, les deux principaux exportateurs d'un produit de base en plein essor à l'époque, le cacao, ont importé du riz, entre autres, de pays étrangers et ont connu une économie stagnante.

Surtout, Thomas Sankara a prouvé au monde que ce que Lee Kuan yew et Park Chung Lee ont fait, respectivement à Singapour et en Corée du Sud, en transformant leurs nations du tiers monde au premier monde en moins de 30 ans, n'est pas arrivé par magie et peut être reproduit dans les nations africaines avec un leadership visionnaire efficace.

Inutile de dire que les horreurs que Sankara a présentées aux néo-colons en place étaient effrayantes et qu'il fallait le tuer le plus rapidement possible, avant que d'autres dirigeants et masses africaines ne commencent à suivre ses idées. Devinez quoi, nous suivrons ses idéaux maintenant, tous autant que nous sommes.

Il y a eu un cycle d'assassinats de dirigeants révolutionnaires, comme en témoignent les discours de certains dirigeants qui ont exprimé leur inquiétude pour leur sécurité juste avant d'être assassinés, à l'instar du discours de Martin Luther King au sommet d'une montagne où il a déclaré : "Je n'ai pas peur de mourir, j'aimerais vivre une longue vie comme tout le monde", quelques jours après le discours, il a été assassiné par balle.

Lors d'un sommet des dirigeants africains, Sankara a exhorté ses collègues à faire preuve de scepticisme face à la dette constante qui leur est imposée, affirmant "qu'ils continueront perpétuellement à payer cette dette sans fin qui contredit les efforts en faveur d'une croissance nationale naissante" et, s'ils ne l'écoutent pas, il a déclaré que ce serait son dernier sommet. Il a été assassiné quelques semaines après ce discours.

Il tentait également d'inciter les masses du Nigeria, pays riche mais mal géré, à commencer à remettre en question les dirigeants inefficaces et sans direction auxquels elles étaient confrontées, de même qu'au Ghana, en Angola, etc. En réveillant les masses comme on l'a vu pendant le printemps arabe, où des masses hétérogènes se sont réveillées sur ces questions en rébellion contre les dirigeants. Thomas Sankara, dans les années 1980, était comme Lumumba dans les années 1960, luttant pour des causes similaires.

Graca Machel, veuve de Samora Machel, a récemment affirmé qu'il avait été tué lors de la chute de l'avion de l'ancien président du Mozambique.

Les récentes études d'exploration de l'Ouganda ont montré que le pays possède des gisements de minerai d'or d'environ 31 millions de tonnes, et l'Ouganda souhaite attirer de gros investisseurs pour développer le secteur jusqu'ici dominé par les petits exploitants miniers.

Au cours des deux dernières années, des explorations aériennes ont été effectuées dans tout le pays, suivies d'études et d'analyses géophysiques et géochimiques ; Solomon Muyita, porte-parole du ministère de l'énergie et du développement minéral, a déclaré à Reuters.

On estime que 320 158 tonnes d'or raffiné pourraient être extraites des 31 millions de tonnes de minerai. La plupart des gisements ont été découverts à Karamoja, une région tentaculaire et aride située dans le nord-est du pays, à la frontière avec le Kenya. D'importantes réserves ont également été découvertes dans l'est, le centre et l'ouest du pays d'Afrique de l'Est. L'Ouganda affirme que les résultats de l'exploration montrent qu'il possède 31 millions de tonnes de minerai d'or.

Muyita a déclaré que Wagagai, une société chinoise, a créé une mine à Busia, dans l'est de l'Ouganda, qui devrait commencer à produire. Wagagai a investi 200 millions de dollars et sa mine sera dotée d'une unité de raffinage. Marena Gold deviendra le plus grand raffineur d'or d'Afrique de l'Ouest. En outre, Marena Gold prévoit d'introduire le commerce de métaux précieux tels que l'or et l'argent, et d'établir des liens avec le gouvernement et l'industrie minière locale, afin de faciliter le développement et l'expansion du marché régional des métaux précieux.

L'Éthiopie domine depuis longtemps le marché du café en Afrique. Il représente au moins 60 % des recettes d'exportation de l'Éthiopie, dont l'économie et la société dépendent fortement de l'industrie du café.

CENTRE AFRICAIN DES INVENTIONS

Conserver les droits d'auteur des inventions au service de l'Afrique.

Des adolescents sud-africains font voler un avion assemblé par leurs soins à travers l'Afrique.

Un groupe d'adolescents sud-africains a assemblé un avion à quatre places et le fait voler à travers le continent. Les experts en aviation estiment qu'il s'agit là d'un exploit considérable, qui inspirera les adolescents désireux de devenir pilotes, ingénieurs ou autres.

Megan Werner, 17 ans, est pilote, même si elle n'a pas encore de permis de conduire. L'organisation à but non lucratif U-Dream Global a aidé un groupe diversifié de 20 adolescents africains à assembler un avion léger. Werner et certains de ses collègues ont quitté le Cap cette semaine pour un vol aller-retour vers Le Caire, avec des escales dans 11 pays en cours de route.

Rodgers Wambua, un étudiant kenyan de l'université des sciences et technologies de Masinde Muliro (MMUST), a créé une application Bluetooth qui permet à quiconque d'envoyer des messages sans avoir à payer de frais de transmission de données. Connue sous le nom de "Bluetooth Chat", l'application permet de chatter à partir d'un smartphone Android équipé de l'application. "Avec le Bluetooth Chat, vous pouvez discuter avec vos amis même sans données sur votre téléphone ou sans WI-FI dans votre environnement. Il n'y a pas de frais", a déclaré M. Wambua, étudiant en troisième année de licence en technologie de l'information, cité par le média local Standard.

Comment contrer la domination des produits occidentaux?

Indépendance technologique et industrielle.

Le système du commerce mondial dominé par les pays occidentaux a mis en place un cycle de l'offre et de la demande, dans lequel les biens deviennent obsolètes par la création de nouveaux modèles et les plus anciens disparaissent, tout comme les logiciels par l'introduction de nouveaux, de sorte que les plus anciens ne peuvent plus fonctionner et ne sont plus fonctionnels, de sorte que les clients sont obligés de suivre les nouvelles tendances et les nouveaux gadgets parce qu'ils ne peuvent plus faire fonctionner ou même réparer les anciennes versions. Ce cycle pour les acheteurs et les économies africaines consiste à suivre leurs tendances. Le seul moyen d'y mettre fin est de créer son propre cycle

L'Afrique doit se donner les moyens de réparer, de créer et de maintenir sa propre structure de production de biens et de services, de technologies et de logiciels. La création d'un internet africain est également nécessaire.

Il est également important que l'Afrique se développe dans le domaine de l'espace et des satellites, ainsi que dans le domaine de l'armement ; des alliances peuvent être conclues à cet égard.

L'AMOUR ENTRE NOIRS: Les Noirs qui ont réussi doivent investir leurs ressources en Afrique et se marier au sein de la race. Ils doivent également garder leur argent en Afrique.

Il est important que le patrimoine financier des Noirs soit également transmis aux Noirs, afin de créer une richesse générationnelle.

N'oubliez pas que chaque fois que vous vous mariez en dehors de votre race, il y a une sœur ou un frère de votre race qui est probablement célibataire et vous affectez la famille noire.

N'oubliez pas que le revenu de votre travail et votre savoir-faire constituent également une ressource précieuse pour votre partenaire noir.

En raison du féminisme et de l'émancipation, les femmes n'aiment pas entendre qu'il est important qu'elles soient soumises à leur mari, comme le dit la Bible dans Ephésiens 5:22.

Si les hommes commencent à traiter leurs femmes comme des reines et les femmes à traiter leurs hommes comme des rois, l'amour noir s'épanouira. L'homme doit également être soumis à Dieu et être soumis à l'amour et à la satisfaction de ses besoins.

En créant une culture forte, il sera plus facile pour les Noirs de se marier entre eux parce qu'ils ont des habitudes de vie similaires.

Il est important que la diaspora investisse dans l'agriculture, la technologie, l'éducation, etc. Elle doit également être consciente de la nécessité de créer des investissements et d'employer ses propres membres, ces investissements devant également être réalisés dans la diaspora.

Transférer les compétences et le savoir-faire de la diaspora africaine.

L'allégeance à d'autres groupes minoritaires en résurgence, des pays tels que le Pakistan et l'Inde, sont des sources de compétences et de savoir-faire à bas prix, que l'Afrique pourrait utiliser, pour n'en citer que quelques-uns, au fur et à mesure de son ascension. Construire une autre rue de la muraille noire, en fait construire au moins une dans chaque pays, comme dans les villes chinoises.

Un peu d'histoire africaine.

Pendant plus de 3100 ans, l'Égypte a été une superpuissance (sans compter les cultures néolithique et pré-dynastique de 6000 à 3200 av. J.-C.).

L'Université d'Al-Karaouine

L'université d'Al-Karaouine (également écrite al-Quaraouiyine et al-Qarawiyyin) est considérée par le Guinness World Records comme la plus ancienne ou la première université du monde, créée en 859 après J.-C. à Fès, au Maroc (Guinness World Records, n. d.).

Le royaume d'Axoum était un empire commercial dont le centre se trouvait en Érythrée et dans le nord de l'Éthiopie. Il a existé entre 100 et 940 après J.-C. et s'est développé à partir de la période protoaxoumite de l'âge du fer.

Le nom "Éthiopie" (en hébreu Kush) est mentionné à de nombreuses reprises dans la Bible (trente-sept fois dans la version King James) et est considéré à bien des égards comme un lieu saint. L'Éthiopie est le seul pays d'Afrique subsaharienne à n'avoir jamais été colonisé. "De nombreux historiens attribuent cela au fait qu'il s'agit d'un État depuis longtemps.

La Bible mentionne de nombreux Noirs (Is 18:2 ; Jr 13:23). La femme de Moïse était originaire de Cush (Nm 12:15).

Un homme de Cush a rapporté la mort d'Absalom à David (2 Sm 18:21, 31-33). Ebed-Melech a été cité comme ayant un ancêtre coushite (Jr 38:6-14 ; 39:16-18).

Jésus, malgré une fausse représentation de lui avec des yeux bleus, ni lui ni Marie n'étaient considérés comme blancs.

Les tribus de Cushan, qui étaient apparemment situées au sud de l'Israël actuel ou dans le sud de la Jordanie d'aujourd'hui, étaient pour la plupart assimilées à Midian (Cassuto : 198 ; Goldenberg : 220, n. 25). Ce lien nous permet d'identifier la femme coushite de Moïse avec Zipporah, l'épouse midianite de Moïse (Exode 2:21).

AFRICA UNITE: L'UNION FAIT LA FORCE

Il est conseillé que les pots-de-vin politiques, la corruption et les détournements de fonds soient passibles de peines d'emprisonnement sévères, que leurs auteurs se voient interdire d'occuper à nouveau des postes, et que le népotisme soit également combattu.

Les intérêts du pays et de la majorité devraient passer avant les intérêts partisans, afin de créer un esprit patriotique chez tous les Noirs. Avec une grande variété de tribus et de langues, il est difficile de trouver des terrains d'entente, mais c'est possible.

Les dirigeants africains doivent cesser de demander l'aumône et de rechercher la validation des pays occidentaux, nous pouvons nous valider nous-mêmes.

La théorie qui a longtemps tourmenté les Africains, où de nombreux dirigeants et rois africains ont vendu leur propre peuple (diviser pour régner), est toujours la même aujourd'hui avec de nombreux gouvernements, les Africains doivent apprendre à s'unir et à considérer leurs compatriotes noirs comme des frères et à s'entraider, à faire connaissance. Les Africains doivent connaître l'Afrique et les Africains.

Patrice Lumumba était un leader radical du mouvement d'indépendance congolais qui a résisté au colonialisme belge et aux intérêts des entreprises. C'est pourquoi il a été assassiné lors d'un coup d'État soutenu par les États-Unis il y a plus de 59 ans.

Né en 1925, Patrice Émery Lumumba était un dirigeant anticolonialiste radical qui devint le premier Premier ministre du Congo nouvellement indépendant à l'âge de trente-cinq ans. Sept mois plus tard, le 17 janvier 1961, il est assassiné.

Lumumba est devenu un opposant au racisme belge après avoir été emprisonné en 1957 sous l'inculpation des autorités coloniales. Après une peine d'emprisonnement de douze mois, il a trouvé un emploi de vendeur de bière. Pendant cette période, il a développé ses talents d'orateur et a adopté le point de vue selon lequel les vastes richesses minérales du Congo devraient profiter au peuple congolais plutôt qu'à des intérêts commerciaux étrangers.

Les horizons politiques de Lumumba s'étendaient au-delà du Congo. Il a été pris dans une vague plus large de nationalisme africain balayant le continent. En décembre 1958, le président ghanéen Kwame Nkrumah a invité Lumumba à participer à la Conférence anticoloniale du peuple africain, qui réunissait des associations civiques, des syndicats et d'autres organisations populaires. Deux ans plus tard, à la suite d'une demande massive d'élections démocratiques, le Mouvement national congolais, dirigé par Lumumba, remporte de manière décisive les premières élections législatives du Congo. Le leader nationaliste de gauche a pris ses fonctions en juin 1960.

Mais les propositions progressistes et populistes de Lumumba et son opposition au mouvement sécessionniste du Katanga (dirigé par les États coloniaux d'Afrique australe sous domination blanche et qui a proclamé son indépendance du Congo le 11 juillet 1960) ont suscité la colère de toute une série d'intérêts étrangers et locaux : l'État colonial belge, les entreprises exploitant les ressources minérales du Congo et les dirigeants des États d'Afrique australe sous domination blanche. Ce dernier a demandé l'aide militaire de l'Union soviétique pour mettre fin à la crise du Congo provoquée par les sécessionnistes soutenus par la Belgique, ce qui s'est avéré fatal.

Lumumba a été torturé et exécuté lors d'un coup d'État soutenu par les autorités belges, les États-Unis et les Nations unies.

Entre 1525 et 1866, dans toute l'histoire de la traite des esclaves vers le Nouveau Monde, selon la Trans-Atlantic Slave Trade Database, 12. 5 millions d'Africains ont été expédiés vers le Nouveau Monde, dont 10,7 millions ont survécu au redoutable passage du milieu, débarquant en Amérique du Nord, dans les Caraïbes et en Amérique du Sud.

En 1860, la population totale des États-Unis s'élevait à 3 953 personnes :

La population totale comprenait 3 953 762 esclaves. Lorsque les résultats du recensement de 1860 ont été prêts à être compilés, la nation était plongée dans la guerre civile américaine.

On estime à 4,9 millions le nombre d'esclaves africains importés au Brésil entre 1501 et 1866. Jusqu'au début des années 1850, la plupart des esclaves africains qui arrivaient sur les côtes brésiliennes étaient contraints d'embarquer dans les ports d'Afrique centrale occidentale, en particulier à Luanda (l'actuel Angola).

Au cours de cette période, le Brésil a accueilli des Africains de toutes les parties du continent, débarquant près de cinq millions de personnes au total. À elle seule, la région de Bahia a importé plus de 1 300 000 hommes, femmes et enfants.

La langue kimbundu a également traversé l'océan et s'est intégrée au portugais. À ce jour, des mots comme kuxilu, qui signifie faire une sieste en portugais brésilien, ont été importés de la langue angolaise kimbundu, et la nourriture africaine a également traversé l'océan lorsque les esclaves ont été emmenés à l'étranger, tout comme d'autres éléments culturels tels que les danses. En Angola, il existe une danse appelée Semba et au Brésil, la Samba.

Entre 1500 et 1866, les Européens ont transporté vers les Amériques près de 12,5 millions d'Africains réduits en esclavage, dont environ 1,8 million sont morts lors du passage du milieu de la traite transatlantique des esclaves. Les esclaves d'Angola sont arrivés aux États-Unis, où il existe encore aujourd'hui une ville appelée Angola. Angola est aujourd'hui une ville située dans le canton de Pleasant, dans le comté de Steuben, dans l'Indiana, aux États-Unis. La population était de 8 612 habitants au recensement de 2010.

Angola est également un village de la ville d'Evans dans le comté d'Erie, New York, États-Unis. Situé à 3 km à l'est du lac Érié, le village se trouve à 35 km au sud-ouest du centre-ville de Buffalo. Lors du recensement de 2010, Angola comptait 2 127 habitants.

Angola est la plus grande prison à sécurité maximale des États-Unis, avec 6 300 prisonniers et 1 800 employés, dont des agents pénitentiaires, des concierges, des agents d'entretien, la prison de Louisiane s'appelle Angola. Elle est nommée "Angola" en référence à l'ancienne plantation d'esclaves qui occupait ce territoire. Cette plantation était nommée d'après le pays d'Angola, dont de nombreux esclaves étaient originaires avant d'arriver en Louisiane.

Dans les années 1960 et au début des années 1970 (1970/71 - 1975/76), l'Angola était l'un des plus grands producteurs et exportateurs de café d'Afrique, se classant deuxième après la Côte d'Ivoire et même premier certaines années. Parmi les principaux pays producteurs de café d'Afrique figure le lieu de naissance du grain de café le plus apprécié au monde.

En 2021, le salaire horaire est passé de 13,97 à 15,37 dollars. Ce taux équivaut à environ 32 000 dollars par an.

L'ENFERMEMENT DES NOIRS DANS DES CYCLES DE PAUVRETÉ

The New Jim Crow / Mass Incarceration in The Story Behind the Crack Explosion, une série d'enquêtes en trois parties publiée le mois dernier dans le San Jose Mercury News, explique comment des quantités massives de cocaïne en poudre bon marché ont été acheminées dans le centre-sud de Los Angeles par des agents bien connus de la CIA dans le but d'accroître le financement de l'armée des Contras au Nicaragua.

Un trafiquant notoire de Los Angeles a transformé les grandes quantités de cocaïne en poudre en crack et a distribué les drogues nouvellement transformées à travers le réseau des gangs de la région de Los Angeles. Les gangs, à leur tour, ont acquis un pouvoir, une influence et une puissance économique qui se sont étendus à d'autres zones urbaines, la drogue s'installant dans les quartiers noirs.

La rumeur selon laquelle l'épidémie de crack a été orchestrée par le gouvernement dans le but de contrôler et d'incarcérer un grand nombre de Noirs vivant en milieu urbain est peut-être évidente.

Près de cinq fois plus de personnes qu'en 1984 purgent aujourd'hui des peines de prison à perpétuité aux États-Unis, un taux de croissance qui a même dépassé la forte augmentation de la population carcérale globale au cours de cette période. Les disparités raciales et ethniques affectent l'ensemble du système de justice pénale, de l'arrestation à la condamnation, et sont encore plus marquées chez les condamnés à perpétuité. Un homme noir sur cinq en prison purge une peine d'emprisonnement à perpétuité, et les deux tiers de toutes les personnes qui purgent une peine d'emprisonnement à perpétuité sont des personnes de couleur.

Il n'est pas étonnant qu'on l'appelle la Maison Blanche. Lorsque les Américains disent qu'ils ont eu un président et un vice-président noirs, on peut se demander pourquoi c'est toujours un Noir à la peau plus claire, plutôt qu'un frère ou une sœur à la peau plus foncée. Même pendant la période coloniale, les Noirs à la peau plus claire étaient préférés pour les meilleurs emplois, comme ceux d'aide-ascenseur ou de secrétaire, tandis que les Noirs à la peau plus foncée étaient relégués à des emplois plus difficiles.

Cette tendance à préférer les Noirs plus clairs aux postes de direction se retrouve encore dans certains pays africains, et même dans certains concours de beauté où les traits européens sont considérés comme les meilleurs. Il existe probablement une loi qui stipule qu'une fille noire ne peut remporter le titre de Miss Univers que tous les dix ans. C'est pourquoi elles ne gagnent jamais les années suivantes. Il faut des défilés de mode pour les Noirs à la peau foncée et aux cheveux naturels, il faut promouvoir la négritude.

L'essor de lois telles que le Crown Act, qui interdit la discrimination fondée sur la texture et les coiffures, le respect sur le lieu de travail et dans les écoles, ainsi que la liberté, ailleurs, pour les Noirs d'utiliser des styles tels que les tresses, les torsades, les nœuds bantu, les afros, les cheveux naturels, est une réalité.

On ne peut pas forcer un travailleur noir à se défriser les cheveux. Age of Colorblindness est un objectif.

Les riches Noirs devraient investir dans les quartiers noirs, en créant des opportunités d'emploi et d'éducation, ce qui contribuerait à faire baisser les taux de criminalité. Il ne devrait pas s'agir d'une responsabilité individuelle, mais collective de chaque personne noire de s'occuper de son prochain.

Martin Luther King et son discours emblématique "I have a dream".

Il a été la force motrice d'événements décisifs tels que le boycott des bus de Montgomery et la marche sur Washington de 1963, qui ont contribué à l'adoption de lois historiques telles que la loi sur les droits civils et la loi sur les droits de vote. King a reçu le prix Nobel de la paix en 1964 et on se souvient de lui chaque année à l'occasion de la journée Martin Luther King Jr.

Malcolm X était apparemment plus radical. Luther King avait un discours de manifestation non violente, son martyre, ses idées et ses discours ont contribué au développement de l'idéologie nationaliste noire et du mouvement Black Power et ont aidé à populariser les valeurs d'autonomie et d'indépendance entre les races.

Autrefois surnommée la "Moïse de son peuple", Harriet Tubman a été réduite en esclavage, s'est échappée et a aidé d'autres personnes à gagner leur liberté en tant que "chef d'orchestre" du chemin de fer clandestin. Elle a également servi d'éclaireur, d'espionne, de guérillera et d'infirmière pour l'armée de l'Union pendant la guerre de Sécession.

Nombre d'hommes par rapport aux femmes

Le rapport hommes/femmes en Afrique, c'est-à-dire le rapport de masculinité à la naissance, est normalement d'environ 105-107 hommes nés pour 100 femmes. En Afrique subsaharienne, cependant, il est d'environ 103-104 hommes pour 100 femmes.

Aux États-Unis, le Bureau du recensement compte 88 adultes noirs de sexe masculin pour 100 femmes noires. En raison de la disparité des chiffres, certaines femmes noires d'Amérique devront peut-être trouver leur homme noir myélinisé en Afrique. La responsabilité de l'homme noir envers la femme et l'enfant noirs, et la responsabilité de la femme noire envers l'homme et l'enfant noirs sont primordiales.

Paysage touristique de la faune

L'Afrique compte 63 bassins fluviaux transfrontaliers, qui couvrent 64 % de la superficie du continent (PNUE 2010). Le bassin du Zambèze est le quatrième plus grand d'Afrique après ceux du Congo, du Nil et du Niger.

Les quatre principaux fleuves d'Afrique sont le Nil (4 160 miles), le Congo (2 900 miles), le Niger (2 590 miles) et le Zambèze (1 700 miles). Le Nil est le plus long fleuve du monde.

Au total, il y a 157 parcs dans 11 pays de safari. En Angola, le parc national de Kissama est situé à environ 75 km au sud de Luanda. Il s'étend sur près de 10 000 mètres carrés

Certains safaris en Afrique incluent des zones privées. La réserve de Mala Mala, en Afrique du Sud, est réputée pour ses observations exceptionnelles de la faune et de la flore, ses hébergements paradisiaques et la nature vierge du parc national de Mana Pools, au Zimbabwe. Ce parc sublime attire les aventuriers avec le canoë, un moyen populaire d'observer les animaux. Le parc national de Serengeti, en Tanzanie, est un parc stupéfiant qui impressionne par le nombre et la variété des animaux sauvages.

En ce qui concerne les rivières, le bassin de l'Okavango couvre 1 % du continent. Il s'agit d'un bassin endoréique, partagé entre l'Angola, la Namibie et le Botswana.

Sites touristiques du Cap : Le V&A Waterfront est la destination la plus visitée d'Afrique du Sud et attire environ 24 millions de visiteurs par an.

La topographie étonnante des Seychelles, faite de récifs coralliens, de tombants, d'épaves et de canyons, associée à la richesse de la vie marine, en fait l'un des meilleurs sites de plongée au monde. Parfaite pour la plongée tout au long de l'année, la destination offre des sites de plongée pour les débutants comme pour les plongeurs expérimentés.

Les Seychelles sont réputées pour leurs plages spectaculaires et isolées. Même si toutes les plages des Seychelles sont publiques.

La forte croissance économique du Rwanda s'est accompagnée d'une amélioration substantielle du niveau de vie, avec une baisse de deux tiers de la mortalité infantile.

Randonnée à la rencontre des gorilles dans le parc national des volcans : Le parc national des volcans est sans doute le site de conservation de la faune et de la flore le plus visité du Rwanda. Chaque année, des milliers de visiteurs internationaux s'y rendent pour observer les gorilles de montagne et pour pratiquer d'autres activités populaires dans la région du parc.

Un peuple rare

Vivant dans les îles du Pacifique de la Mélanésie, ce groupe de personnes défie littéralement tous les stéréotypes à l'égard des Noirs : ils ont les cheveux blonds. Situés juste au nord-est de l'Australie, les Mélanésiens ont la peau foncée, de grands traits et sont originaires d'Afrique.

Le peuple Mumuila est un ensemble de groupes ethniques semi-nomades vivant dans le sud de l'Angola, dans la région de Huila. Le peuple Mwila appartient en fait à l'ethnie Nyaneka-Khumbi (Nhaneka-Humbe), qui habite le plateau de Haumpata et le long du cours supérieur du Rio Caculovar, dans le sud-ouest de l'Angola, dans la province de Huila Planato ou Huila, qui tire son nom de ce peuple.

Le peuple Mumwila est d'origine bantoue et serait l'un des premiers à avoir entrepris la grande migration bantoue à l'endroit où il se trouve aujourd'hui en Angola.

Le swahili est "l'une des dix langues les plus parlées au monde, avec plus de 200 millions de locuteurs, et l'une des langues les plus répandues en Afrique". Des mots communs avec le kimbundu et même le portugais, l'arabe et l'allemand, probablement en raison des migrations, notamment des tribus bantoues, ainsi que de la colonisation et de facteurs géographiques.

Il existe plusieurs monarchies en Afrique, dont le Lesotho et le Maroc sont les meilleurs exemples.

Menelik II et Shaka Zulu font partie des puissants rois africains connus.

L'Afrique a également connu des reines, comme on peut le voir ci-dessous :

Des noms tels que

Amina, la reine de Zaria au Nigeria

Kandake - l'impératrice d'Éthiopie

Makeda - la reine de Saba, en Éthiopie

Néfertiti - Reine de l'ancien Kemet, Égypte

Yaa Asantewa - Royaume Ashanti, Ghana

Also Nzinga (1583 - 1663) était la reine des royaumes Ambundu de Ndongo.

Des noms notables comme Samuel Daniel Nujoma, (né le 12 mai 1929) est un révolutionnaire namibien, militant anti-apartheid et homme politique qui a été le premier président de la Namibie pendant trois mandats, de 1990 à 2005.

Dans l'histoire plus récente, le roi Mandume ya Ndemufayo (1894 - 6 février 1917) a été le dernier roi des Oukwanyama, un sous-ensemble du peuple Ovambo du sud de l'Angola et du nord de la Namibie, qui constitue une histoire de dirigeants défiants qui se sont efforcés de lutter pour l'Afrique.

Samora Moisés Machel (29 septembre 1933 - 19 octobre 1986) était un commandant militaire et un dirigeant politique mozambicain. Socialiste dans la tradition du marxisme-léninisme, il a été le premier président du Mozambique depuis l'indépendance du pays en 1975.

Machel est mort dans l'exercice de ses fonctions en 1986, lorsque son avion présidentiel s'est écrasé près de la frontière entre le Mozambique et l'Afrique du Sud. Le destin étrange de certains dirigeants africains, qui sont morts mystérieusement ou ont vécu peu de temps après avoir défié les opinions occidentales, s'est poursuivi.

L'Angola a été contraint de changer de système politique pour adopter le capitalisme afin d'obtenir le soutien de pays tels que les États-Unis, qui soutenaient les rebelles auparavant.

Derrière les malheurs des Africains, il y a non seulement l'esclavage, mais aussi le colonialisme et le néocolonialisme, et ce sont souvent les Occidentaux qui sont derrière.

Les coupables: La mauvaise gouvernance a également été un écueil, alors que l'influence extérieure ne peut pas toujours être contrôlée.

L'objectif de Marcus Garvey était de créer une économie et une société distinctes, gérées pour et par les Afro-Américains. Garvey soutenait que tous les Noirs du monde devaient retourner d'une manière ou d'une autre et contribuer à leur patrie en Afrique, qui devait être libérée des règles coloniales blanches, le fondateur de l'Universal Negro Improvement Association (UNIA). Créée en Jamaïque en juillet 1914, l'UNIA avait pour objectif de promouvoir le nationalisme noir par la célébration de l'histoire et de la culture africaines.

James Emmanuel Kwegyir Aggrey, connu sous le nom d'Aggrey of Africa, (né le 18 octobre 1875), à Anomabo en Côte d'Or (aujourd'hui au Ghana), fils de la princesse Abena Anowa et Okyeame et du prince Kodwo Kwegyir, il a enseigné au Dr Kwame Nkrumah, une autre icône du panafricanisme, alors qu'il était à l'Achimota School Government Training College et l'a exposé aux travaux de Marcus Garvey et d'autres militants des droits civiques.

Le 21 mars 2023, des militants politiques angolais ont appelé à rester chez eux, pour que les 30 millions de personnes ne sortent pas pour paralyser le gouvernement, c'est devenu presque une ville fantôme.

Un groupe très célèbre dans les années 70 a lancé un album appelé l'album noir. Des décennies après qu'un chanteur noir ait lancé l'album noir.

Pendant le colonialisme une image d'un bébé avec une queue figurait sur les cartes d'identité de certains noirs, qui étaient regroupés en assimilés et non assimilés selon qu'ils avaient déjà remplacé leurs habitudes par les colonialistes, aussi ils étaient interdits de parler leurs langues et forcés d'apprendre les dialectes occidentaux, l'anglais, le français, etc.

Les tribus Khoisan en Afrique sont des noirs à la peau plus claire, non seulement ils se ressemblent, mais on dit qu'ils ont le phénotype asiatique. Pensez à cela chez les animaux, l'ours polaire blanc aurait également évolué à partir de l'ours brun.

Selon la Bible, l'apôtre Paul et Jésus ressemblaient à des Égyptiens tandis que Salomon avait des serrures.

La femme de Mose était aussi une madianite considérée comme arabe, une israélite noire. Probablement tous ci-dessous étaient noirs.

Les midianites noires sont originaires d'Abraham et de keturah.

Abraham et Sarah sont nés à Ur en Mésopotamie près du fleuve Euphrate, où se trouvait le jardin d'Eden.

Esaü a épousé un cananéen qui était un peuple noir, descendant de Noé, tous étaient dans la lignée de Jésus.

Plus tard, des Noirs ont été jetés à la mer en traversant l'océan lors de la traite des esclaves, ont été tués pour le plaisir en pique-nique, (choisissez un nick-negro) lynchés.

L'ÉTAPE DE LA LIBÉRATION DE L'ESCLAVAGE MENTAL

Inventions noires

Des choses que vous ne saviez probablement pas ont été créées par des inventeurs noirs :

Les chips. George Crum travaillait comme chef cuisinier dans un centre de villégiature à New York.

Masque à gaz.

Boîte aux lettres protectrice.

Banque de sang.

Feu tricolore.

Camions frigorifiques.

Microphone à électret.

Changement de vitesse automatique.

Les principales inventions des Noirs sont les suivantes.

Boîte aux lettres (1891) - Phillip Downing.

Feu de circulation (1922) - Garrett Morgan.

Le changement de vitesse automatique (1932) - Richard Spikes.

Séchoir à linge (1892) - George T.

Portes d'ascenseur automatiques (1887) - Alexander Miles.

Chaises pliantes (1889) - John Purdy.

Fourneau à gaz (1919) - Alice H.

Des genres musicaux tels que le rock and roll auraient également été créés par des Noirs. Dans les années 1960 et 1970, les genres funk et fusion ont vu le jour. Dans les années 1980, le hip-hop s'est développé, ainsi qu'un style de danse imprégné de disco, connu sous le nom de house music, et des danses comme le break dance.

Si vous écoutez le groupe cubain Buena Vista social club et la chanteuse cap-verdienne Cezaria Evora, vous pouvez voir la ressemblance entre la musique Morabeza du Cap-Vert et le Boléro, un style de musique cubain.

Des styles internationaux tels que la rumba, la samba, le reggae, la salsa, le merengue, la kizomba, l'afro, le nija et bien d'autres ont été créés ou influencés par les Noirs, de même que des instruments tels que l'ukulélé, la marimba et d'autres.

Popularisée par la chanteuse Shakira, la chanson Waka Waka appartenait à l'origine à un groupe camaronais et s'intitulait Zangalewa.

Bien que les Noirs soient souvent à l'origine de la création, d'autres races apparaissent au premier plan de la commercialisation, reléguant les inventeurs originaux et s'appropriant souvent la propriété.

Vous ne sauriez pas, en achetant du beurre de cacahuètes aujourd'hui, que le même équivalent de cacahuètes écrasées, appelé kitaba, existe en Afrique depuis des siècles. Si vous pouvez préparer du fufu ou du funge à base de manioc avec du kissangwa ou du vin de palme, vous êtes prêt à servir un repas à un Africain. Vous m'avez dit que vous vouliez que j'aille en profondeur, alors c'est parti.

En sport, d'innombrables records sont détenus par des athlètes noirs tels que Wilt Chamberlain 55 rebonds par match, Bill Russell 11 titres en basket-ball, Usain Bolt, Michael Jordan, Tiger Woods, Simone Biles, même dans des sports où ils sont minoritaires, ils se distinguent, un décor de David contre Goliath.

Contrairement aux idées reçues, les origines de l'algèbre se situent dans l'Antiquité, en Babylonie, en Égypte et à Athènes. Les premières origines connues sont les papyrus mathématiques de Rhind, rédigés par le scribe Ahmès (ou Ahmose) en Égypte vers 1650 av.

PROGRAMME D'ÉTUDES AFRICAIN

Orienté vers des sujets liés à l'Afrique, l'économie, la géographie et les ressources, en fonction de la géographie africaine, du sol et du climat.

L'éducation et les études africaines ainsi que les programmes doivent inclure l'histoire de l'Afrique, l'esclavage, le colonialisme, le néo-colonialisme, les pays et leurs dirigeants, les langues africaines et le panafricanisme doivent être enseignés, sans oublier de souligner les effets négatifs de la mondialisation, tout en enseignant, en faisant passer les besoins du peuple africain en premier, en plaçant nos priorités et notre peuple en première place pour en bénéficier.

Chaque étudiant africain doit connaître au moins une autre langue africaine en plus de sa propre langue africaine. Des langues telles que le swahili, le kimbundu, le lingala et le xosa doivent être prises en compte.

Nous devons étendre la culture vers l'extérieur. Et cela doit être enseigné dès le plus jeune âge. Nous devons abandonner les matières centrées sur l'Occident et nous orienter vers les nôtres.

Si l'on ne s'aime pas soi-même ou si l'on n'aime pas sa culture, qui le fera? Nous devons apprendre non seulement la théorie, mais aussi les compétences pratiques :

Les étudiants : Les étudiants doivent savoir en pratique comment cultiver la terre, comment pêcher, ainsi que divers travaux manuels tels que la menuiserie, la soudure, la peinture, la mécanique, la couture, la cuisine, etc.

L'Afrique doit ouvrir ses propres usines, produire ses voitures et autres machines, ouvrir des dessins animés et des parcs à thème pour enfants, et des attractions comme Sun city.

Développer la phytothérapie et les laboratoires africains.

Combien y a-t-il de scientifiques en Afrique?

L'Afrique compte actuellement 198 chercheurs par million d'habitants, contre 428 au Chili et plus de 4 000 au Royaume-Uni et aux États-Unis. Si l'Afrique avait la même moyenne que le Royaume-Uni, elle aurait besoin de 22 000 étudiants dans ce domaine.

Médecins pour 1000 habitants : par exemple, en 2017, l'Angola comptait 0,2 médecin pour 1000 habitants, l'île Maurice 2,3, Sao Tomé-et-Principe 2,3, et l'Afrique du Sud 2,5. 3, Sao Tomé et Principe 0,3.

L'organe des Nations unies chargé de promouvoir la santé publique internationale estime que le ratio médecin/population du Nigéria est de 0,3 pour 1 000 personnes, ce qui est tout à fait insuffisant. Le pays a besoin d'au moins 237 000 médecins, contre 4,0 en Italie et 3. 9 en Espagne.

Selon la Commission de l'éducation, l'Afrique subsaharienne doit investir 175 milliards de dollars par an jusqu'en 2050 pour soutenir l'enseignement secondaire pour tous. On est encore loin des 25 milliards de dollars investis dans l'enseignement secondaire en 2015.

La moyenne des dépenses d'éducation, en pourcentage du PIB, pour 2020, sur la base de 14 pays, était de 4,77 %. La valeur la plus élevée est celle de la Namibie (9,41 %) et la plus faible celle de la Mauritanie (1,89 %).

Les expatriés doivent venir le moins nombreux possible et former le plus grand nombre possible de locaux, jusqu'à ce que leurs connaissances ne soient plus nécessaires et deviennent obsolètes, toutes leurs compétences doivent avoir un calendrier prévisionnel de transfert.

Éviter d'autres formes de colonisation, l'invasion actuelle de la Chine qui s'empare de l'Afrique, sans oublier la Russie, la création de blocs commerciaux comme la Brisc, est un fait, les économistes africains doivent être conscients de la recherche de nouvelles stratégies ou plans économiques, et être en mesure de contrer par des mesures économiques, car c'est une guerre permanente.

Il faut une loi pour réglementer et limiter l'utilisation des produits capillaires, et vouloir interdire l'utilisation des crèmes décolorantes.

Les plans d'urgence pour les Africains doivent être enseignés.

Si tous les magasins ferment demain, ainsi que les stations-service, les banques et qu'il n'y a pas d'internet ou d'électricité, que feriez-vous?

Comment décentraliser les chaînes alimentaires? La dépendance actuelle de la chaîne d'approvisionnement alimentaire vis-à-vis des supermarchés et des centres commerciaux a retiré le pouvoir aux gens. Il faut rendre le pouvoir aux gens qui doivent devenir des producteurs de leur propre nourriture, un système de micro production ; le gouvernement doit protéger les prix des petits producteurs et leur donner les outils pour être compétitifs. En outre, en encourageant la production personnelle, les gens ne seront pas les otages des grands supermarchés et des monopoles ; en éduquant les familles, nous aurons une autonomie en matière de production alimentaire.

Cela permettra également de réduire la responsabilité en cas d'intoxication alimentaire de masse à laquelle l'Afrique est exposée en raison de l'importation de denrées alimentaires. De même, en contrôlant et en ayant ses propres boissons, l'Afrique bénéficiera de la même autonomie et de la même souveraineté sur ce qu'elle boit, ce qui, d'une certaine manière, représente une révolution et une indépendance alimentaires.

Il en va de même pour les médicaments : en créant nos propres médicaments, nous réduisons le risque d'être empoisonnés par des vaccins et des pandémies provenant d'autres continents.

N'oublions pas qu'il s'agit d'une guerre biologique et d'une guerre cybernétique. Les nouvelles guerres seront idéologiques et intellectuelles, la valeur du cerveau et la puissance des hommes détermineront le vainqueur, celui qui surpassera l'adversaire. Il est important que nous prenions des mesures pour être proactifs et non réactifs ; planifions la situation à l'avance. Il est important de sortir des sentiers battus, car des stratégies sont appliquées dans tous les domaines de l'économie et de la société.

Avec la guerre financière actuelle, méfiez-vous de garder tout votre argent dans les banques, en cas de défaillance du réseau et d'Internet ou d'effondrement de l'économie financière, vous devriez avoir des alternatives telles que garder un peu d'argent sur vous, avoir un plan d'urgence en cas de crise ou de pandémie, avoir de l'argent alloué là où vous pouvez l'atteindre sans aller à la banque.

Ayez votre propre source de nourriture et de boisson afin de pouvoir devenir indépendant en cas de crise alimentaire dans le pays, possédez un terrain près d'une rivière ou d'un lac, car cela a de la valeur en ces temps.

Disposez également d'un itinéraire de secours non dépendant de l'énergie, à vélo, à pied ou par tout autre moyen non dépendant de l'énergie, en cas d'urgence. En cas de panne d'électricité, prévoyez un plan de gestion de vos activités quotidiennes.

Il est important de mettre en place un système d'enseignement à domicile, qui soit efficace en cas de grève et qui permette de s'adapter.

Chaque personne devrait être responsable de développer des moyens de gagner de l'argent à partir de son domicile, de sorte que si vous perdez votre emploi, vous sachiez comment survivre, y compris en ayant un plan secondaire au cas où vous devriez fuir votre pays, votre lieu de résidence ou votre région en temps de crise.

Kit de survie

Aliments de survie

Eau

Logement

Argent

Banque

Transport

Documents

Tentes

Culture propre

L'Afrique doit créer la plus grande armée de penseurs

Il est important que les Africains n'oublient pas que l'Afrique sera toujours le continent le plus riche du monde, parce que Dieu est juste et que tout ce qui a été pris par l'esclavage ou les guerres, Dieu l'a compensé en offrant aux Africains davantage de ressources et de minéraux.

De même, les adolescents et les enfants doivent apprendre les finances, la comptabilité et la gestion de l'argent dès le plus jeune âge, même à l'école maternelle.

Les enfants doivent apprendre à construire des systèmes, à se conformer, à obéir, à pratiquer l'autodiscipline et le sens de la communauté plutôt que de l'individualité, une autre façon d'y contribuer est de créer un travail d'équipe dès le plus jeune âge et d'apprendre les conséquences de leurs actions actuelles. Il est important de conscientiser les Africains pour qu'ils pensent aux décennies à venir, voire aux siècles à venir, car l'Afrique a été rongée par le sens du présent et le manque de planification des conséquences de nos actions actuelles, les mauvaises décisions actuelles affectant les générations futures.

Il est important que les gouvernements construisent le Commonwealth pour la société, comme les fonds de ressources, les programmes financiers et structurels qui visent à créer une qualité de vie.

Chaque Africain doit apprendre à être un ambassadeur de son propre continent, de son peuple et de sa culture, où qu'il se trouve dans le monde.

Culturellement, l'aspect de la sorcellerie doit être retiré de la spiritualité africaine parce qu'il maudit notre propre peuple et notre continent. Avec des lois qui protègent et motivent les comportements saints et punissent les comportements pécheurs conformément à la sainte Bible. Mais assurez-vous que le christianisme n'est pas perçu comme une religion avec un dieu blanc aux yeux bleus et aux cheveux blonds, même si dans le passé il a souvent été utilisé à mauvais escient par des personnes qui l'ont malmené contre nous, mais il est important de savoir que Jésus n'était pas blanc et que malgré la motivation de la Bible pour l'amour, il y a des personnes qui l'ont utilisée pour leurs mauvaises intentions, mais ce n'est pas la faute de la Bible. L'utilisation correcte de la Bible pour notre propre bénéfice ne fera que bénir les Africains et les Noirs dans leur ensemble, en créant une société familiale cohésive, un système de division juste, une stabilité émotionnelle et spirituelle, et en atteignant le salut et la vie éternelle après notre mort.

L'Afrique doit devenir le continent le plus priant du monde, mais aussi le plus travailleur, le plus sanctifié et le moins pécheur. Pour cela, des politiques doivent être mises en place pour faire prospérer ces mesures et décourager la progression du contraire.

Enseigner les mathématiques, la physique, la chimie, en particulier l'histoire de l'Afrique, les momies et les mystères des pyramides, c'est aussi important pour les enfants africains de connaître les héros africains, de connaître leur vrai potentiel et leur vraie valeur, afin qu'ils connaissent l'identité de leur intelligence et leurs capacités. Ils doivent aussi connaître leurs inventeurs et les détenteurs de records de la race noire et croire en eux-mêmes que le noir est beau, le noir est honorable et ne jamais accepter qu'on leur dise le contraire, car une fois que vous vous mettez dans la tête et que vous vous programmez que vous n'êtes pas capable : vous n'arriverez jamais à rien, alors dites-vous " je suis noir et beau et je peux tout réussir avec mes prières, mes efforts, ma sueur et Dieu à mes côtés ".

Créez votre marque partout où vous allez, laissez votre noirceur se diluer comme une graine incorruptible qui affecte le monde, partout où vous allez, faites-le avec votre authenticité et votre individualité.

Stimulons et renforçons la créativité et l'imagination des Noirs et des Africains du monde entier grâce à des subventions et à des fonds destinés à promouvoir et à renforcer les innovateurs dans tous les domaines. L'Afrique doit se doter d'un programme d'innovation et de créativité pour le siècle prochain, avec des objectifs à atteindre par les scientifiques, les concepteurs, les créateurs et les fabricants de tout ce qui est connu. Il est également important de créer des penseurs qui développent le statu quo et les mécanismes standard utilisés aujourd'hui pour projeter l'innovation en avance sur notre temps. L'Afrique deviendra le continent le plus développé du monde.

Les slogans et la devise : "L'Afrique deviendra le continent le plus développé du monde, nous sommes beaux, nous sommes intelligents, nous sommes bénis au nom de Jésus" doivent être enseignés et prononcés par chaque enfant d'Afrique dès son plus jeune âge, tous les jours à l'école, jusqu'à ce qu'ils y croient vraiment et qu'ils commencent à se comporter de la même manière, afin que la prophétie devienne réalité. Je vois déjà l'Afrique comme le continent numéro un au monde, le plus puissant, le centre de la connaissance, la découverte avec le moins de faim et de peste et l'endroit le plus désiré pour vivre sur Terre, c'est maintenant.

Dubaï se trouve directement dans le désert d'Arabie.

Construire une autre ville dans le désert. L'Égypte construit une nouvelle capitale, conçue pour être le nouveau centre administratif du pays et abriter plus de 6,5 millions d'habitants.

Cette nouvelle capitale s'étend sur 700 kilomètres carrés, soit environ la taille de Singapour, et sera située à 35 kilomètres à l'est du Caire.

La ville comprend un nouveau parlement, un palais présidentiel, le plus grand aéroport d'Égypte, la plus haute tour d'Afrique, le plus grand opéra du Moyen-Orient, un quartier de divertissement d'une valeur de 20 milliards de dollars et un parc urbain géant plus grand que Central Park à New York.

Africains, rêvons grand, rêvons de battre des records. Tout ce qui se fait dans le monde, dans tous les domaines, nous pouvons le faire mieux, que ce soit sur le plan scientifique, économique ou social. Vous êtes un Africain, vous êtes une personne noire, vous êtes un gagnant, que Jésus vous bénisse, vous et toutes vos générations, et qu'il vous donne les moyens d'accomplir votre mission, votre but et votre destinée, et d'être une lumière dans l'obscurité, de faire briller votre peau noire, d'être un diamant noir, d'être un or noir, souvenez-vous que le noir est beau, que le noir est puissant, qu'être noir est synonyme d'intelligent et de fort. Alléluia, amen.

Le reste du monde a les yeux rivés sur l'Afrique, qu'en est-il de nous?

Méfiez-vous du sabotage de l'économie africaine, souvenez-vous que Black Wall Street a été incendiée par un quartier d'hommes d'affaires noirs dans le passé, aux États-Unis, ils empêchent notre race de prospérer.

Des études ont associé la propension à la méchanceté à un ADN appartenant à des groupes particuliers.

La monarchie britannique a été accusée à plusieurs reprises de racisme et d'être responsable de la vente de mines terrestres à l'Afrique, alors que la princesse Diana faisait campagne contre cela, certains prétendent qu'elle a été tuée et qu'elle entretenait également une relation avec une personne non blanche.

Sans oublier qu'à la galerie de l'évolution humaine en Angleterre, les restes les plus anciens d'un Britannique montrent que le premier Britannique était noir aux yeux bleus et s'appelait Cheddar man (l'homme de Cheddar).

N'oubliez pas que l'objectif n'est pas seulement d'être africain et de se développer, mais aussi de ne pas perdre votre âme lorsque vous mourrez, alors acceptez Jésus et suivez les voies du Seigneur, loin du péché.

Les hommes politiques doivent respecter les règles de transparence, aimer leur peuple, dire la vérité, ne pas promettre en vain. Il est important que les dirigeants sachent qu'ils sont des fonctionnaires et qu'ils ne sont pas là pour s'enrichir. Ils doivent avoir des salaires et des logements communs et envoyer leurs familles dans des écoles et des hôpitaux locaux et publics, plutôt que d'éviter de créer du développement ou de voyager pour obtenir de l'aide médicale en dehors de l'Afrique.

Les dépenses des hommes politiques doivent être rendues publiques par le biais d'une base de données, comme dans le cas du gouvernement suédois, où un homme politique a fait l'objet d'un scandale pour avoir acheté des couches et des tablettes de chocolat avec la carte de crédit du gouvernement, alors que même cette petite quantité n'est pas autorisée. Dans certains pays et certaines régions, les hommes politiques utilisent les transports publics ou le vélo pour se rendre au parlement et sont logés dans de simples dortoirs, comme des appartements avec des espaces communs, où ils doivent faire leur lessive sans luxe, plutôt que dans des voitures luxueuses, que l'Afrique doit imiter et réglementer de la même manière.

L'Afrique doit dépenser plus que les autres continents si elle veut s'élever.

Il faut développer des méthodes d'études moins coûteuses dans les quartiers ou à domicile pour aider les principaux systèmes éducatifs.

Le blanchiment de la peau doit devenir une chose du passé, interdisons-le par la loi.

L'Afrique doit être le fer de lance de la révolution biologique, de la révolution de la vie naturelle.

Le tourisme aux Seychelles, à Madagascar et aux Maldives offre des expériences paradisiaques.

Le nouveau système africain de (permuta) basé sur les ressources alimentaires et les biens échangés pour acheter et vendre, fondamentalement un nouveau système économique, au lieu d'utiliser l'argent pour les transactions, les biens peuvent être échangés.

La construction de 25 à 54 nouvelles villes en tant que centres de croissance stratégiques amorcera la restructuration architecturale du nouveau continent, tel devrait être l'objectif.

Maintenons le temps de travail à un niveau équilibré afin que les membres de la famille aient encore du temps à consacrer les uns aux autres et que la tradition de manger ensemble à table soit maintenue.

Comment se fait-il qu'il y ait un musée de l'Holocauste et pas un musée de l'esclavage dans chaque pays?

L'Afrique doit s'émanciper de l'esclavage mental, même si l'Afrique est devenue géographiquement indépendante, elle doit aussi le devenir intellectuellement et économiquement, seule une nouvelle pensée libérera l'Afrique, même les enfants doivent apprendre à l'école et dans leur vie quotidienne les erreurs commises dans le passé qui ont conduit au colonialisme et à l'esclavage, ainsi que le manque de bonne gouvernance et d'unité, qui sont également des facteurs contributifs, avec ces leçons apprises, nous pouvons apprendre à ne pas les répéter et à progresser.

Les parents doivent savoir que l'éducation à la maison est fondamentale et qu'elle constitue le noyau de la formation du caractère et de l'éducation nécessaires, car les premières années de la vie d'un enfant sont les plus importantes pour la formation de sa structure psychologique et de son état d'esprit, et les enfants ne doivent pas être gâtés, mais disciplinés pour l'avenir.

Un programme doit être créé pour les familles afin d'établir un nombre obligatoire d'heures, les parents et les familles doivent passer du temps ensemble par semaine, enseigner la cuisine africaine active dans les écoles.

Méfiez-vous de la stratégie de Willie Lynch dans l'environnement des entreprises, renseignez-vous sur la marche du million d'hommes.

Employer des femmes noires et non des hommes noirs ou leur donner un salaire plus élevé afin de diminuer le pouvoir des hommes et des ménages doit être considéré comme une attaque contre la famille noire, de même que le système qui consiste à payer les mères célibataires et à les motiver à rester célibataires est une autre attaque.

Ne laissez pas l'interaction artificielle remplacer l'interaction humaine, les enfants africains aiment jouer les uns avec les autres, laissez-les créer leurs propres jeux. Pas de téléphone portable pendant les moments en famille ou les repas, il est important de parler et d'écouter.

Investissez dans des entreprises à l'épreuve du temps, qui pourront être transmises à d'autres générations après votre départ.

Ne vous attendez pas à ce que d'autres personnes lancent les idées contenues dans ce livre, ne vous demandez pas qui va commencer, car cette personne, c'est vous.

N'oubliez pas que c'est en investissant votre argent dans des actifs ou dans votre propre entreprise que vous créez de la richesse, mais lorsque tous vos revenus servent à payer le loyer et que vous dépensez en biens et services, vous diminuez en fait votre richesse, alors prenez toujours un pourcentage de vos revenus pour l'investir dans votre propre entreprise et dans vos proches.

En tant que personne noire, peu importe l'argent que vous gagnez, si la majorité de votre argent ne sert pas à aider d'autres personnes noires, vous n'êtes pas une personne qui a réussi.

Avez-vous aidé une personne noire aujourd'hui?

Ne vous contentez pas d'appeler pour demander des choses, demandez-leur comment ils vont, comment ils se sentent ou s'ils ont des problèmes.

Avez-vous parlé ou appelé une personne noire aujourd'hui?

Vous voyez? C'est de cela que je parle.

Lorsque votre frère a pris une initiative, ne commencez pas à dire : "Oh, il se croit plus intelligent que tout le monde". Motivez-le plutôt, ce n'est pas une compétition ; les Noirs doivent s'unir au lieu de se faire concurrence. Si ton frère t'a aidé dans la vie, ne l'oublie pas lorsqu'il a besoin de ton aide.

Un homme qui n'apprend pas de ses erreurs passées est un homme perdu. Le commerce devrait inclure les Caraïbes et les îles telles que la Jamaïque, les Bahamas, les Antilles, les Bermudes et des endroits comme Haïti, entre autres.

À tous les Noirs du monde, nous devons mettre un terme à la criminalité entre Noirs en retirant les armes et les drogues des quartiers noirs et en les éduquant à l'amour.

Les recherches montrent que les premiers Européens étaient noirs il y a 40 000 ans et qu'ils ont migré d'Afrique, leur peau ayant changé en raison de la climatologie.

Il n'y a pas d'endroit comme la maison. Si vous êtes malade à la maison, pourquoi attendez-vous que vos proches meurent? Pour pleurer, certains d'entre vous ne viennent même pas à l'enterrement de leurs parents, alors grandissez. Kwanza est une fête célébrée aux États-Unis, le mot signifie premier en swahili et est le nom d'une rivière en Angola ainsi que de leur monnaie.

L'Afrique doit développer des championnats sportifs dans les quartiers et les écoles dès le plus jeune âge, elle doit enseigner à gérer la texture des cheveux noirs.

Pourquoi les hommes noirs se coupent-ils toujours complètement le crâne? À moins d'avoir une maladie sur le cuir chevelu. Dieu a mis tout dans le corps pour une raison, alors grandissez.

Enseignez également dans les écoles primaires les niveaux de pH des cheveux, l'hydratation et l'éloignement des produits chimiques, pour rester élégant et poli, enseignez également à s'habiller de manière élégante, à être biologiquement et culturellement noir, enseignez également aux enfants nés dans la diaspora à représenter les pays de leurs ancêtres dans les compétitions internationales. C'est ainsi que l'Afrique pourra retrouver son rythme de croisière.

Nous devons continuer à cultiver la tradition selon laquelle, dans la famille, les tantes sont considérées comme des secondes mères et les oncles comme des seconds pères, tout comme les anciens du quartier, chaque personne proche est une famille, mais il est nécessaire de mettre en œuvre la dynamique commerciale de la famille et du quartier en créant et en encourageant les entreprises communes de la famille et du quartier dans les communautés où les membres doivent apporter leur contribution en termes de main-d'œuvre ou de ressources. Il faut ensuite partager les richesses, de sorte que les neveux et les fils travaillent dès leur plus jeune âge dans les entreprises familiales et de quartier, avec des horaires variables selon le groupe d'âge et un système de rémunération en place.

Chaque pays doit créer une institution gérée par les citoyens qui peut poursuivre les institutions gouvernementales et même le président devant les tribunaux à la suite d'un vote populaire, afin de réglementer leurs actions.

Enseigner la pensée critique dans les écoles et pas seulement la mémorisation. L'Afrique est enceinte et les bébés viennent de naître, abolir la loi interdisant les tresses de vêtements africains et les cheveux afro dans les passeports et les cartes d'identité .

Je bénis l'Afrique et chaque personne noire ainsi que ceux qui sont pour nous, je prie pour ceux qui sont contre nous afin que nous cherchions tous le salut en suivant les commandements de Jésus-Christ. Amen.

Donnez ce livre à chaque enfant et à chaque personne noire que vous connaissez.

À chacun d'entre eux.

Ecrit par

Black Jesus, Jesus noire,Zhulu Bantu Ywaweh

Portuguese

ENCICLOPÉDIA - A PELE NEGRA É BONITA, A ÁFRICA ESTÁ GRÁVIDA DE TODOS NÓS OUTRA VEZ.

Porque é que a África é considerada o berço da humanidade?

Já reparaste que muitas pessoas chamam a África de pátria, mas as outras raças não o contestam?

Já alguma vez te perguntaste porque é que as pessoas dizem que África é o berço da humanidade? Ainda são muito poucos os que falam que os negros foram os primeiros a chegar à terra, claro que alguns chegaram a essa conclusão, até agora as outras raças e os supremacistas brancos e aqueles que defendem a superioridade da sua raça sobre a raça negra não costumam ensinar e falar sobre o facto de a raça negra ter estado aqui antes das outras raças, então como é que eles são muitas vezes considerados superiores a outras raças quando nem sequer estiveram aqui primeiro na terra?

Cientistas e estudiosos afirmam que os fósseis e os restos humanos mais antigos foram encontrados em África e é por isso que a África é chamada o berço da humanidade, porque em nenhum outro lugar existem restos humanos mais antigos. Não é por acaso que este achado também corrobora o que a Bíblia diz que o jardim do Éden ficava numa região que não se sabe se era habitada por pessoas brancas, portanto podes desfazer o mito de um Adão e Eva brancos e loiros, pois eles eram negros ou tinham uma tez mais escura próxima à dos habitantes das regiões faladas no livro do Génesis onde ficavam os rios do jardim do Éden, em regiões próximas do Iraque, Irão, Sudão e Egipto, portanto começa a ficar a ideia de que Adão e Eva eram negros.

Porque é que não te ensinaram isto na escola?

Os negros precisam de mudar os currículos profissionais dos seus países e das suas escolas para se adaptarem a esta nova verdade.

É lindo, que tenhas a mesma cor de pele que os primeiros habitantes da Terra, imagina que privilégio.

Deves ser chamado de filho do mais alto, reis e rainhas.

Quando os racistas chamam muitas vezes os negros de macacos, e quando tentam convencer-te de que és inferior em intelecto e humanidade; isto é uma mentira do poço do inferno, se os negros são inferiores; porque é que tantos grandes cantores, atletas, dançarinos e até inventores vieram da raça negra, e porque é que a civilização começou nas regiões acima mencionadas, mais uma vez a maioria das pessoas não sabe que muitas invenções que o mundo inteiro usa foram feitas por negros.

As escolas e a educação esconderam este facto da população em geral e também de alguns historiadores, como se pode ver no facto de, na tentativa de esconder que esta civilização existiu no Egipto; as faces das pirâmides e os narizes foram quebrados por pessoas de outras raças para que as pessoas não saibam que as pirâmides representavam faraós negros, que existiu uma civilização negra porque muitas invenções e o início da astronomia, da matemática, da arquitetura, das escolas organizadas e dos governos foram encontrados em África e no Médio Oriente, muito antes de existirem na Europa, na Ásia ou noutros países.

Os cientistas descobriram que todos os humanos partilham uma ascendência comum com pessoas que viveram em África entre 150.000 e 200.000 anos atrás. Para alguns, o Botsuana é o local mais provável no Jardim e onde os humanos tiveram origem, com algumas investigações a apontar para a Mesopotâmia, bem como para os outros locais mencionados.

A ideia de um Jesus de pele escura continua a assustar as pessoas, mesmo que se pareça com ele e tenha apoio histórico.

Um casal negro com bebés brancos.

Ben e Angela Asheboro e os seus outros dois filhos eram negros, mas a sua filha recém-nascida não tinha qualquer semelhança com a sua raça. Em vez disso, a menina, a quem deram o nome de Nmachi, nasceu loira, branca e de olhos azuis.

Por isso, é perfeitamente concebível que todas as raças possam vir de um Adão e Eva negros, até porque há relatos de que foram encontrados asiáticos negros, de ascendência não africana, o que prova que todas as raças podem vir do negro.

Para os negros originais da Ásia: um exónimo para estes povos é *Negritos*, um nome que lhes foi dado pelos missionários espanhóis nas Filipinas. No entanto, os povos "negritos" da Ásia não são geralmente aparentados entre si e são frequentemente mais próximos das populações circundantes do que dos negritos de outro país. Há excepções (no caso dos aborígenes de Taiwan).

A maioria dos negros vive em África.

A Nigéria é o país mais populoso de África e o sétimo mais populoso do mundo, com mais de 211 milhões de habitantes (2020). Prevê-se que, em 2050, a Nigéria seja o terceiro país mais populoso do mundo.

Os Estados Unidos têm mais habitantes negros do que qualquer outro país não pertencente ao continente africano, com mais de 46 milhões de negros, 58% dos quais vivem no Sul. A norte, no Canadá, vivem cerca de 1,2 milhões de negros.

Está prestes a ficar escuro, está prestes a ficar mesmo escuro, caramelo e chocolate. Note-se que, devido à migração do México e de outros países, espera-se que as minorias cresçam e ultrapassem o número de não brancos nos EUA. Enquanto os americanos brancos não hispânicos com menos de 18 anos nos EUA já são uma minoria em 2020, prevê-se que os brancos não hispânicos em geral sejam uma minoria nos EUA em 2045.

O Reino Unido, a França, a Itália e a Espanha têm populações negras superiores a 1 milhão, enquanto a Europa Central e Oriental têm um número comparativamente baixo de residentes negros. Na Ásia, a Rússia tem a maior população negra: 120.000. É também de salientar que muitas famílias brancas tendem a ter menos filhos, o que está a criar uma população envelhecida, especialmente na Europa, enquanto as não brancas tendem a ter mais filhos, aumentando assim o número de negros no mundo.

São conhecidos os negros com traços de outras raças.

Os melanésios são pessoas negras com cabelo louro, que vivem em ilhas da Oceânia. A raça latina é também uma mistura de negros.

Os negros também foram encontrados com olhos azuis, quando sofrem de albinismo ocular, e considerando que os albinos negros têm cancro de pele mais facilmente e os brancos também têm cancro de pele mais facilmente, o que ambos têm em comum é a falta de melanina, pelo que podemos assumir que a raça de cor branca é uma versão da cor negra com menos melanina e algum grau de albinismo, pelo que se poderia argumentar que a raça chamada branca é uma forma de negros albinos.

O número de pessoas negras no mundo é superior a 1,2 mil milhões. 2 mil milhões.

Países distantes do continente africano com as maiores populações negras:

Estados Unidos (46.350.000)

Brasil (15.000.000)

Haiti (9.925.000)

Colômbia (4.944.000)

França (4.500.000), incluindo os territórios franceses.

Venezuela (3.743.000)

Jamaica (2.510.000)

Reino Unido (1.904.000)

México (1.386.000)

Canadá (1.200.000)

República Dominicana (1.138.000)

Cuba (1.127.000)

Equador (1.120.000)

Itália (1.159.000)

Espanha (1.191.000)

A África na Bíblia.

Na Bíblia, Moisés tinha uma mulher de Kush, e um exército etíope é também mencionado várias vezes.

2 Crônicas 16:8 - Não eram os etíopes e os líbios um exército mui grande, com muitíssimos carros e cavaleiros? Mas, como não confiaram no Senhor, ele os entregou na tua mão.

Jesus não era uma pessoa branca, não te deixes enganar pelas ilustrações e pinturas atuais de uma virgem Maria branca com um bebé branco, as pessoas apoderaram-se da verdade e distorceram-na, as estátuas que vês de Jesus e de Maria não são exatas, o Messias parece muito mais escuro do que aquilo que mostram nos filmes ou nos livros. Não te esqueças de que Jesus e os seus pais se esconderam no Egipto, onde não se sabia que havia uma maioria de pessoas brancas, e que se esconderam num lugar onde as pessoas se pareciam com eles para não serem facilmente descobertos.

Mateus 2. 14 E, levantando-se, tomou de noite o Menino e sua mãe e partiu para o Egipto, 15 e ali ficou até à morte de Herodes, para que se cumprisse o que fora dito pelo Senhor por intermédio do profeta: "Do Egipto chamei o meu Filho".

Diz-se também que os primeiros israelitas eram negros.

Diz-se também que os primeiros israelitas e hebreus eram negros.

Estes são os rios que a Bíblia diz que se encontram no local do Jardim do Éden.

10 Do Éden saía um rio que regava o jardim, e dali se dividia em quatro nascentes. **11 O** nome do primeiro é Pisom; ele percorre toda a terra de Havilá, onde há ouro. **12** (O ouro daquela terra é bom; também há ali resina aromática[a] e ônix.) **13** O nome do segundo rio é Giom, que corre por toda a terra de Cuche. [**14** O nome do terceiro rio é Tigre; corre ao oriente de Asur. E o quarto rio é o Eufrates. Génesis 2. 20 (10-17)

Os rios do Jardim do Éden parecem ter-se estendido até à terra de Kush, conhecida pelos antigos egípcios principalmente como Kush, o território dos antigos Cushitas abrangia as regiões norte e sul dos atuais Sudão e Egipto, respectivamente, e deve ser distinguido da moderna nação da Etiópia, que se situa mais a sul, nos extremos de África, pelo que se pode presumir que, se Adão e Eva vivessem nos rios que rodeavam estas áreas, seriam muito provavelmente pessoas de pele escura.

Acho que é por isso que Satanás odeia tanto os negros por causa das suas origens como povo nativo?

"Em 1996, 9 geneticistas descobriram que os negros africanos têm mais cadeias de ADN do que qualquer outro grupo na Terra, têm 9 cadeias de ADN, enquanto os europeus têm apenas 6. Quanto mais cadeias de ADN tiveres, maior será o teu potencial de génio, segundo algumas pessoas.

Há quem afirme que o referido documento apenas examinou provas no genoma humano a favor do modelo "fora de África" da evolução humana, segundo o qual todas as populações humanas não africanas descendem de um antepassado comum *do Homo sapiens* que evoluiu em África.

Descobriu-se cientificamente que todos os seres humanos descendem de uma única pessoa.

Na genética humana, a Eva mitocondrial (também mt-Eve, mt-MRCA) é o antepassado comum matrilinear mais recente (MRCA) de todos os seres humanos vivos, definido como a mulher mais recente da qual todos os seres humanos vivos descendem numa linha ininterrupta através das suas mães e através das mães dessas mães, para trás, até que todas as linhas convergem numa única mulher.

Em termos geográficos, um novo estudo afirma que um oásis, conhecido como a zona húmida de Makgadikgadi-Okavango, era o lar da "pátria" ancestral de todos os humanos modernos atuais.

Os investigadores estudaram o ADN mitocondrial - material genético armazenado no centro nervoso das nossas células e que é transmitido de mãe para filho dos atuais habitantes da África Austral - e combinaram os dados genéticos com uma análise do clima passado e da linguística moderna, bem como das distribuições culturais e geográficas das populações locais.

Os resultados sugerem que as alterações climáticas permitiram que ramos da antiga população se espalhassem das zonas húmidas para áreas mais verdes; milhares de anos mais tarde, uma pequena população destes parentes errantes deixou África e acabou por habitar todos os cantos do mundo.

"Todos nós viemos da mesma terra natal, na África Austral", diz Vanessa Hayes, do Instituto Garvan de Investigação Médica, na Austrália, que liderou esta nova investigação.

Se olhares para pessoas negras com vitiligo ou albino negro, a sua pele fica literalmente branca.

Na física e no espectro da luz, o negro é a ausência de cor. Na arte, porém, o negro é a presença de todas as cores. Até na Austrália podes encontrar aborígenes negros, estamos em todo o planeta.

Prova científica de que o negro é a única cor de todas as cores.

Os brancos são brancos?

Algumas parecem mais cor-de-rosa ou uma cor pálida que não é realmente branca, por isso tens de começar a chamá-las como tal, se pegares numa folha de papel que é branca e a comparares com a pele de uma pessoa branca, elas não são iguais.

Fonte de energia alternativa

A falta de infraestruturas em África representa uma grande oportunidade para evitar os erros cometidos pelos países ocidentais ao construírem em excesso com materiais não eficientes do ponto de vista energético, pelo que a África pode desenvolver uma nova arquitectura que custe menos e utilize a energia de forma eficiente, construindo casas com base em materiais mais baratos e diferentes que possam acomodar a energia solar e novos combustíveis, e até materiais reutilizáveis.

Descobertas

O espírito santo e Deus têm estado a derramar ideias criativas em África, haverá muitas invenções novas vindas dos africanos, também serão encontrados novos minerais e isso chocará o mundo, esta é a forma de Deus compensar a injustiça e o esgotamento externo que África e os seus recursos têm sofrido, os recursos de África nunca se esgotarão e continuarão a encontrar mais e mais novos minerais na terra.

As cidades e aldeias fantasma de África, como Kolmanskop, precisam de ser reestruturadas.

Cientistas

A África tem de encontrar formas de patentear as suas próprias invenções e de proteger os seus cientistas, uma vez que muitos dos que descobriram formas alternativas de energia e curas para doenças morreram misteriosamente em todo o mundo.

Um inventor zimbabueano que afirma ter tido a ideia num sonho de Deus (da Bíblia), inventou uma televisão auto-alimentada que não precisa de electricidade, utiliza frequências de rádio e não precisa de ser recarregada porque se carrega a si própria, mas o mundo ocidental não lhe permitiu patentear, sob pena de ser copiado, tal como no passado muitas ideias e invenções africanas foram roubadas e frequentemente atribuídas a pessoas de outras raças.

Maxwell Chikumbutso, do Zimbabué, é um engenheiro autodidacta que abandonou a escola aos 14 anos. É conhecido por ter desenvolvido uma tecnologia de energia verde que afirma ser revolucionária porque converte directamente frequências de rádio em energia limpa e renovável. Afirma que não conseguiu patentear o seu trabalho porque lhe disseram que a sua descoberta violava as leis da física!

Fonte: SABC NEWS

A Saith Technologies de Maxwell Chikumbutso produziu os primeiros protótipos utilizando a sua extraordinária tecnologia. Produziu o primeiro veículo eléctrico do mundo que converte frequências de rádio em energia. Por outras palavras, o seu carro eléctrico não tem sistema de recarga devido ao movimento perpétuo; portanto, zero emissões. Apenas energia pura.

Devem ser tomadas medidas para travar a fuga de cérebros de África, um sistema de prospecção de talentos criativos desde a mais tenra idade: a partir do jardim-de-infância, as pessoas com tendências criativas podem ser procuradas para inventar, receber bolsas e ter acesso à educação e à orientação nas áreas de trabalho necessárias para levar as suas criações a bom porto comercialmente. Além disso, através da atribuição de prémios e diplomas e da criação de um centro para criadores em cada país e escola.

As receitas e os royalties das invenções feitas por africanos devem reverter para África sob a forma de investimentos locais fixos e de salários.

Representação de África como um continente pobre.

Algumas pessoas continuam a pensar que África é um país, sem saberem que existem 55 países em África, outras dizem apenas "eu venho de África" em vez de dizerem o nome do país de onde vêm, outras pensam que os africanos vivem com leões em árvores e arbustos e têm cauda. Enquanto alguns negros parecem ter vergonha de se identificarem como negros quando estão entre os seus amigos não negros, que vergonha.

A África tem 11,7 milhões de quilómetros quadrados e mais de 67 rios principais, com cerca de 2000 línguas a que alguns chamam dialectos e pelo menos 75 línguas com pelo menos um milhão de falantes cada, as línguas africanas foram consideradas dialectos e os dialectos europeus foram dados aos africanos e convencidos a chamar-lhes línguas, dialectos como o português, o inglês, o francês, etc.

África é bela, África é rica e o futuro está em África. Aprende a abençoar África com as tuas palavras, porque as nossas palavras têm o poder de mudar o nosso ambiente. Dizer "África é um continente muito próspero", foi-nos muitas vezes ensinado a dizer e a pensar o contrário e os meios de comunicação social internacionais retratam muitas vezes África de forma negativa, e não só isso, os negros são muitas vezes retratados de forma depreciativa na sociedade, nos filmes, nos livros de história na televisão, porque as pessoas más e Satanás sabem que, se te convencerem de algo durante tempo suficiente, tu tornar-te-ás nisso. Se a música te convencer de que não prestas, de que és uma prostituta, de que és um assassino, um negro, um bandido, em breve agirás para te tornares nisso.

Olha para o espelho

Olha para ti como algo belo e não tenhas vergonha dos teus traços faciais: o teu cabelo, o teu nariz, os teus lábios, aprende a ver a tua raça como algo belo. Não te sintas ofendido se alguém gozar contigo e disser que tens um cabelo feio ou um nariz largo. Pensa na quantidade de penteados que podes fazer com o teu cabelo, o teu cabelo natural é lindo. Não te esqueças que a pele negra envelhece mais graciosamente, somos duráveis e resistentes.

O que significa realmente um negro?

Porque é que a maioria das pessoas se ofende com uma palavra que nem sequer sabe o que significa?

Lembro-me de uma vez em que uma pessoa de outra raça me disse "É por seres negro?" de uma forma ofensiva, basicamente eu nem levei a mal e apenas lhe disse "Só quero as minhas gravações" porque estava no estúdio e ele tinha algumas das minhas produções, por isso ignorei completamente o facto de ele me estar a chamar negro, ele sentiu-se muito desarmado porque essa era a única arma que queria usar contra mim. Sou negro e tenho orgulho, e lembra-te também que podes sempre responder a uma pessoa branca que "pareces um boneco de neve" ou "o papel higiénico é branco", mas na realidade a maior parte das pessoas que se dizem brancas nem sequer são brancas, ou a maior parte são mais cor-de-rosa ou outra cor pálida.

Em tempos, os negros eram exibidos em jardins zoológicos para outras raças.

Se alguém te chamar macaco porque és castanho, podes responder "urso polar", porque é de pele clara, mas não se trata de nos insultar, trata-se de nos ensinar a não nos sentirmos inferiores quando alguém se refere à cor da nossa pele, se os negros vêm dos macacos, os não negros também.

A Bíblia diz que Deus tinha a aparência do bronze e a cor da pedra de Jaspe, portanto, Deus é castanho-avermelhado, que é considerado negro.

Os piolhos parecem ser mais prevalentes nos caucasianos, hispânicos e asiático-americanos do que nos afro-americanos. Por exemplo, menos de 0,5% das crianças afro-americanas em idade escolar têm piolhos, em comparação com 10% das crianças de outras raças.

Deves saber que a escravatura nem sempre foi de brancos contra negros, também foi o contrário, e ambos estão errados: nenhuma raça deve escravizar outra. Calcula-se que os escravos brancos em servidão moura atingiram 1,2 milhões em 1780, os mouros negros escravizavam os brancos.

Mas o objetivo deste livro é ensinar-te a ter orgulho na nossa cor, e não a ser racista. Pessoalmente, tenho amigos caucasianos que são como irmãos e irmãs e não esqueçamos que também há muitos africanos brancos hoje em dia, e não só, tenho amigos latinos, asiáticos e indianos.

Mas os africanos brancos têm de aprender que não podem pensar que só por causa da sua cor e da sua história têm de ser considerados como tendo um estatuto social mais elevado e ter prioridade nas oportunidades de emprego e na propriedade em relação aos seus homólogos negros, que são os verdadeiros nativos da terra, não devem ter um tratamento especial e, claro, não é justo que em países como o Zimbabué e a África do Sul a maior parte da terra e das empresas sejam propriedade de uma minoria de brancos num país que é maioritariamente negro.

O mesmo se passa com os chineses e outras raças que ocupam posições prioritárias em África para subjugar a maioria dos proprietários de terras.

Por exemplo, muitos africanos que emigram para todo o lado, vejamos o exemplo de Portugal, são subjugados a trabalhos de limpeza e de restauração, enquanto os portugueses que emigram para Moçambique vão ser CEOs, o privilégio dos brancos, chineses ou qualquer outra raça sobre os negros tem de acabar.

Normalmente, a raça que domina um país é diferente da raça que o governa, e isso não é justo, os africanos devem concentrar o poder e as mãos dos negros.

Os negros também têm de estar conscientes de que muitos líderes que casaram com pessoas de outras raças não conseguiram favorecer a sua raça negra por estarem casados com alguém de outra raça e comprometeram-se a si próprios.

Por vezes, os teus amigos brancos dizem-te: "és igual a nós" ou "não és negro", porque quando te conhecem não te vêem como negro, porque associaram o negro a certas atitudes que tu não tens, o que não é um elogio.

Regra geral, um homem negro com uma mulher branca é considerado mais desejável para uma posição de liderança num país branco do que um homem negro com uma mulher negra, e muitos líderes africanos têm sido vítimas deste facto em casamentos inter-raciais. Não vês líderes ocidentais a casarem com pessoas de raças diferentes, especialmente negros, há uma razão para isso, e também raramente vês uma pessoa branca com poder a casar com uma pessoa negra.

Tal como a táctica de empregar um negro para exercer o racismo através desse negro contra outro negro, sabendo que a acusação de racismo se torna uma questão irrelevante, tem vindo a ser praticada, mesmo durante a escravatura, e chama-se a isso "*síndrome do tio Tom*".

Para manter a supremacia branca, surgiram grupos de ódio racial, o que não é aconselhável. Na história, o Ku Klux Klan (KKK) tem sido um grupo de pessoas que se consideram brancas e se vestem de branco (americanos europeus), que tem sido associado ao assassínio de pessoas negras.

Os Panteras Negras eram um grupo de negros que se vestiam de negro com o objetivo de lutar.

Na história mais recente, movimentos como o "*Black lives matter*" e o "White lives matter" têm estado em extremos opostos do espectro das suas respectivas raças.

Os partidos políticos lutaram pela libertação de África do colonialismo e mesmo do apartheid (sistema de opressão branca da África do Sul) com o lendário líder do NCA, Nelson Mandela, que esteve preso durante 27 anos por lutar contra o apartheid, o M.P.L.A em Angola, Sam Nujoma na Namíbia com a política SWAPO.

Recentemente, Julius Malema, dos Combatentes da Liberdade Económica, outro partido da África do Sul, opôs-se, desta vez, não à estrutura de poder branca, mas aos novos governos negros, alegando má gestão do país e dos recursos. Quando movimentos como a UNITA, liderada por Jonas Savimbi, que esteve numa guerra civil sangrenta em Angola até 2002, até à sua morte, e mais recentemente líderes como Aldalberto Costa Júnior e Abel Chivukuvuku, muitos afirmam que a África se libertou do colonialismo, mas não da pobreza e do neocolonialismo.

Na África do Sul, os brancos continuam a deter a maioria das terras e, embora sejam uma minoria no país, o negro continua a ser a cor mais associada à pobreza. Da mesma forma, no Zimbabué, Robert Mugabe procurou acabar com esta disparidade na distribuição racial da terra e da pobreza, mas sofreu sanções das potências ocidentais que fizeram descarrilar ainda mais a economia.

Aos líderes negros, como Barack Obama, também em posições de liderança e gestão, foi-lhes dada a posição, mas não o poder, de servirem de fantoches, de cara preta, para limpar a imagem das empresas contra acusações de racismo e discriminação.

A estratégia de pôr os negros uns contra os outros é utilizada há muito tempo para criar conflitos em África e *golpes de Estado, bem como* guerras financiadas pelos países ocidentais para criar instabilidade e guerra em África.

Psicologicamente, parece uma guerra para destruir a raça negra.

Tem de haver uma nova lei que proíba a terminologia em que as palavras para tudo o que é mau são consideradas negras, por exemplo: chantagem, dia negro, ou o fio que indica o negativo de uma bateria de carro é o fio negro, estas palavras têm de ser alteradas.

Não te esqueças das pessoas que tiveram cancro da pele por terem branqueado a pele, ou outras que usaram lentes de contacto para mudar a cor e tiveram problemas de visão.

A unidade como chave para o desenvolvimento de África.

Uma casa dividida não pode subsistir. É essencial que os negros de todo o mundo vivam como um só. Precisamos de estabelecer um código de unidade em que cada pessoa negra que sai de dentro de outra pessoa negra num raio de 3 milhas deve interagir entre si e ser como uma família, com a criação de centros comunitários negros em todos os municípios e cantos do mundo, apoiando as famílias negras com questões financeiras, aconselhamento e ligação espiritual bíblica.

Depois disso, o primeiro passo para te libertares é: inverter a narrativa sobre África, os africanos e os negros. Pára de ouvir música, de ler artigos ou de ouvir histórias e de acreditar em coisas más sobre os negros e sobre África em particular, não deixes que ninguém te convença de que não és inteligente ou capaz de alcançar coisas, porque até a Bíblia diz "Como um homem pensa, assim é ele". Tu és o que pensas de ti próprio e ages de acordo com o que pensas de ti próprio. Por isso, a partir de agora, começa a pensar coisas boas sobre ti e começa a comportar-te da mesma maneira.

A tua negritude não é um impedimento e não determinará definitivamente o teu destino e o teu presente. És um vencedor em Deus, que colocou dentro de ti todas as ferramentas para teres sucesso, se apenas acreditares e trabalhares para o teu objetivo. Encontra a tua vocação, o teu objetivo, aquilo em que és bom e aí encontrarás o teu valor.

Nos velhos tempos havia a *Casa dos Escravos*. Os negros têm de aprender a unir-se, mesmo durante a escravatura houve divisões entre os negros que permitiram que a escravatura acontecesse e ainda hoje os nossos governos têm de aprender a apoiar o seu próprio povo e a não o vender a interesses estrangeiros e aos seus próprios interesses privados.

Deixemos de ser a raça menos unida e tornemo-nos a raça mais unida, nas organizações, na diáspora, nos nossos países de origem e em todo o lado onde os africanos se devem unir. Porque *dividir para conquistar* nos separou e enfraqueceu durante demasiado tempo, deixem de se curvar perante as outras raças e de odiar a vossa própria raça e considerem-se iguais, porque as outras raças tendem a casar-se mais entre si e nós temos de ser igualmente coerentes nos casamentos entre si, caso contrário, perderemos um passo na corrida ao equilíbrio racial e à procriação.

As comunidades africanas no estrangeiro deveriam estabelecer o código africano, o que significa que qualquer africano, em qualquer parte do mundo, que não cumprimente, não alimente ou não ajude a criar uma oportunidade de emprego para um colega africano, falhou com África.

Além disso, se os teus filhos nasceram na diáspora e não lhes ensinas a língua materna africana, falhaste com África.

As embaixadas dos diferentes países devem trabalhar em rede para realizar eventos que misturem os africanos e criem uma rede de interacção social entre os países africanos e os negros de todo o mundo. Se és sul-africano, deves saber que os senegaleses, os nigerianos de todo o mundo: são teus irmãos e irmãs, embora muitas vezes pensemos que os colonizadores são nossos irmãos, na realidade somos todos uma família, nós, os negros, temos de nos manter unidos.

É importante que os governos criem oportunidades de emprego para que todos os jovens africanos a partir dos 15 anos tenham uma primeira oportunidade de trabalho, criando habitações suficientes para que todos possam viver e ter uma família, quer sejam subsidiadas pelo governo ou por qualquer outro fundo criado pelo governo.

É importante abandonar a cultura das mães africanas de terem filhos tão jovens como 18 anos, e também abandonar a cultura de terem muitos filhos e não serem capazes de os sustentar e depois esperarem que a família e os amigos sustentem os filhos por elas. Muitas mulheres africanas esperam que os seus irmãos sustentem os seus filhos.

Se não tens dinheiro suficiente e não trabalhas, não faças mais filhos do que aqueles que podes sustentar sozinho. Deveria ser criada uma lei para evitar isso, ensina também aos teus filhos que quando os familiares os ajudam não é porque são obrigados a fazê-lo, é porque são compreensivos, não é um dever, é por amor, ensina também aos teus filhos que sempre que um familiar lhes dá alguma coisa eles também têm que devolver a essas pessoas, ensina-os a serem gratos desde pequenos e a devolverem tudo o que recebem.

E mesmo que não tenhas dinheiro para dar às pessoas, tens os teus serviços e as tuas mãos e o teu tempo para ajudar, não vás a casa das pessoas só para te sentares e comeres, sê grato, sê útil.

Comunicação entre negros.

Pára de chamar às mulheres *vadias* e *putas*, e aos homens adultos *maricas* ou *rapazes*. A utilização de linguagem depreciativa para com os outros foi concebida e colocada nas nossas mentes e na nossa comunicação para garantir que, inconscientemente, nos depreciamos uns aos outros ao vocalizar termos negativos.

Estamos a ser programados para pensarmos em nós próprios como rufias em vez de homens, e as mulheres estão a ser programadas para pensarem em si próprias como strippers e prostitutas, isto foi concebido por outras raças que controlam os meios de comunicação social e até pagam a artistas negros para perpetuarem estas formas e moldarem o nosso comportamento e psicologia para nos manterem como escravos mentais, e não aspirarem a estar no nível superior da sociedade, seja profissionalmente, não permitindo que os negros pensem em si próprios como capazes de serem advogados, polícias, académicos, pilotos ou cientistas, etc. Começai a chamar-vos filhos abençoados do Altíssimo, a Bíblia diz que *como o homem pensa, assim é*, e não vos esqueçais de que, quando vocalizais algo, estais a profetizar sobre essa pessoa, porque as palavras têm poder espiritual para afectar a pessoa.

Deveria ser aprovada uma lei que proibisse os artistas, os meios de comunicação social e a sociedade de retratarem maus estereótipos dos negros.

King Women é um filme subliminar de emancipação, as mulheres devem ser ensinadas a ser femininas, não masculinas.

Porque é que os homens negros têm de ser retratados como criminosos nos filmes, e porque é que têm de ser presos nos vídeos musicais? Esta cultura de glamourização desta forma de vida é para programar os negros para viverem assim, por isso, porque é que os filmes não podem mostrar negros como presidentes, advogados, solicitadores ou escritores?

Como podemos ver, o sistema prisional de muitos países, como os Estados Unidos, foi concebido para incorporar mais pessoas de raça negra. Embora a taxa de encarceramento tenha diminuído mais nos últimos anos, os negros americanos continuam a ter muito mais probabilidades de estar na prisão do que os seus homólogos hispânicos e brancos. A taxa de encarceramento de negros no final de 2018 era quase o dobro da taxa entre os hispânicos (797 por 100.000) e mais de cinco vezes a taxa entre os brancos (268 por 100.000).

Em África, é importante que os reclusos sejam produtivos na agricultura, na indústria e noutros trabalhos, em vez de estarem na prisão e não trabalharem.

É importante incorporar estudos bíblicos em todas as prisões e também ensinar uma profissão para que, quando saírem, possam trabalhar, o Estado tem de os ajudar a encontrar um emprego, e também é importante que continuem com os estudos bíblicos depois de saírem, porque a reforma espiritual da pessoa também determinará a reforma social.

O acesso a advogados pro-bono (gratuitos) deve ser disponibilizado aos reclusos, aos detidos e aos negros mal pagos em geral.

Nos Estados Unidos, os negros gastam cerca de 1,6 biliões de dólares por ano em bens e serviços, e 95% desse dinheiro é gasto na compra de bens fora da raça negra. Se os negros praticassem a economia de grupo e comprassem bens a outros negros, a raça cresceria economicamente por causa disso; os negros precisam de ter mais empresas. Sê honesto com as tuas despesas: que grupo racial financias? Não financias a disparidade financeira para dar poder a outras raças, financia-las e depois pedes-lhes emprego. A escravatura financeira só acabará com o fim da dependência da propriedade de bens e serviços fabricados por outras raças, bem como com os números da empregabilidade por etnia.

Cria um código de conduta de comunicação.

Os negros não falam mal dos negros.

Atenção também ao sistema de ensino, porque está concebido para dar aos negros notas mais baixas e, em muitos casos, as crianças são colocadas em ajudas especiais com o argumento de que aprendem devagar.

Além disso, a tendência para impor penas mais severas aos negros por delitos semelhantes e para atribuir empregos menos remunerados a pessoas de alto nível sem poder é também uma luta contra a sua promoção.

Se os negros querem melhores empregos, temos de começar a ser donos de empresas e empregar os nossos próprios trabalhadores, principalmente e sobretudo, e em África possuir os seus recursos minerais e controlar o fluxo de dinheiro e criar um sistema em que o dinheiro gire e passe de mão em mão entre a comunidade negra para prosperar, parar de esperar que outras raças te alimentem.

Quanto às reparações monetárias pela escravatura, o Dr. Martin Luther King falou de reparações no valor de 10 mil milhões de dólares e foi assassinado, o advogado Johnny Cochran falou de reparações e morreu, o Dr. Umar Johnson, agora pan-africanista, defende que as reparações devem incluir coisas como a propriedade da terra, os direitos de autor de toda a música e entretenimento negros e não apenas dinheiro, porque o dinheiro pode ser desvalorizado.

Algumas pessoas dizem que são ricas, mas tudo o que têm é dinheiro, bem, muitas pessoas parecem confundir pobreza com humildade, parecem ter vergonha de dizer a palavra pobre, substituindo-a pela palavra humilde, a humildade é um traço de carácter e um comportamento, não uma condição financeira. Cria uma população de pessoas altruístas, humildes e amorosas, mesmo com pessoas de raças diferentes.

Recuperar a identidade arquitectónica de África

Criar habitações respeitadoras do ambiente: a eficiência em termos de custos e de energia reduzirá o consumo global de combustível e de energia, tendo igualmente em conta as condições ambientais e os materiais renováveis reutilizáveis.

Dicas de nutrição

Terapia de quelação

Ecológico

Evita alimentos no microondas

Evita a radiação dos telemóveis

Bebe água de nascente

Descansa

Faz exercício

Dorme

Sorri

Obtém a luz solar de que precisas

Não te stresses demasiado

Aprende a relaxar

Como proteger as viúvas negras órfãs e idosas.

Ao dar-lhes terras, pensões e incentivos financeiros para transmitirem os seus conhecimentos às gerações mais jovens, bem como habitação subsidiada e cuidados de saúde, podem também servir de conselheiros nos seus bairros.

Deveria ser criado um sistema para pagar as suas despesas de saúde, o transporte para os hospitais e a alimentação, bem como o alojamento.

As crianças negras em África são conhecidas por criarem os seus próprios brinquedos e jogos, como a *amarelinha*, o *jogo duplo* ou o *esconde-esconde*. Esta aptidão para serem criadores e engenheiros natos em toda a África demonstra um génio criativo que tem sido negligenciado para o crescimento comercial.

Também para proteger as crianças e os adolescentes das drogas, é importante educá-los desde cedo contra os efeitos devastadores, espirituais e biológicos, das drogas atuais, equipando-os espiritualmente para poderem combater as forças espirituais que rodeiam estes vícios.

Nas clínicas de reabilitação, é necessário integrar a oração no processo, uma vez que a pessoa precisa de ser restaurada espiritualmente para poder ser restaurada fisicamente.

Os inventores investem

A África precisa de criar as suas próprias práticas agrícolas, sem pesticidas perigosos, e de manter o seu estado orgânico e natural, a fim de obter alimentos saudáveis e evitar as vias geneticamente modificadas. Com estas medidas, os agricultores tradicionais devem receber financiamento e ferramentas para cultivar longe dos métodos artificiais modernos de cultivo de alimentos. As doenças modernas surgiram com a baixa qualidade dos alimentos artificiais. Mantenhamos o continente com os alimentos mais naturais para que seja o mais saudável, mantendo assim uma força de trabalho forte e reduzindo o absentismo, a necessidade de medicamentos e as despesas hospitalares.

Necessidade de desenvolver medicamentos próprios baseados em ingredientes naturais e ervas naturais, longe da medicina tóxica que se globalizou.

Vale a pena mencionar o Dr. Sebi e o facto de a sua nutrição celular dever ser utilizada como prática corrente. A África deveria ser ensinada a caminhar pelo menos uma hora por semana, bem como a ter uma boa alimentação, como forma de construir a população mais saudável do planeta.

As despesas e o investimento em tecnologia têm de aumentar em África. A tecnologia e o know-how da Ásia e da Índia são boas alianças.

Precisamos de criar o centro da invenção e da iniciativa para as crianças, bem como para a produção.

Mulheres em África

A revolução da virgindade vai passar de África para o mundo inteiro.

As mulheres africanas têm de honrar o seu corpo e só ter relações sexuais depois do casamento. O namoro e o processo devem ser abolidos. O casamento deve consistir apenas em tornares-te noiva e casares-te, sem toques. Isto dá protecção espiritual contra as forças maléficas oportunistas que entram através da fornicação antes do casamento, para além de outros benefícios.

A monogamia deve ser a norma. Os homens devem ser educados para serem cavalheiros e as mulheres para serem senhoras. O respeito deve ser ensinado através de coisas como abrir a porta, levantar-se para deixar entrar os idosos, oferecer flores, ser romântico, etc.

As mulheres não devem agir como homens e os homens não devem agir como mulheres.

A tradição de as mulheres perderem a virgindade na lua-de-mel e de a família exibir os lençóis ensanguentados para celebrar deveria ser a norma, demonstrando uma família orgulhosa que celebra o facto de a sua filha te ter sido dada como virgem.

Temos de aprovar leis que proíbam o aborto obrigatório, com excepções médicas. Poderíamos pôr fim à morte deliberada de bebés por causa da fornicação.

África deveria ser o continente com a mulher mais natural, com o aumento de práticas como a cirurgia plástica, botox, implantes de nádegas, surgiram falsas formas de beleza, há quem defenda que deveria ser punido por lei o uso de maquilhagem que altere mais de 40% da aparência das mulheres, h quem considere que se trata de bruxaria. No

Japão, um homem processou a sua companheira depois de descobrir o seu verdadeiro rosto e outro em Taiwan porque ela não o informou das suas anteriores cirurgias plásticas para alterar a sua aparência.

É importante dotar as mulheres de competências para que possam sustentar-se profissionalmente e ser empregáveis, para evitar que se tornem presas fáceis da exploração sexual e da prostituição.

A única maneira de garantir que um homem possa ser o provedor de uma mulher é dar aos homens os salários mais altos, o que vai contra o movimento antibíblico de emancipação das mulheres.

O papel da família tradicional continua a ser a norma, uma vez que as mulheres estão melhor preparadas para cuidar da casa e dos filhos. Os novos modelos que contrariam este formato falharam, uma vez que as taxas de divórcio aumentaram. Assim, as mulheres continuam a ter de cuidar dos filhos e a ser mais domésticas do que os homens, mas se conseguires conciliar isso com uma vida profissional, tanto melhor, mas não dês prioridade ao dinheiro e percas a tua família e os teus filhos.

Habitação subsidiada para os casais que se casam virgens, subsídios financeiros para os anos de casamento e sanções financeiras para o divórcio da parte culpada. As empresas deveriam também ser proibidas de separar as famílias, oferecendo aos cônjuges empregos em regiões diferentes, forçando-os a separarem-se, as ofertas de emprego deveriam ter em conta a manutenção da família unida e as férias deveriam ser concedidas após o casamento.

Uma mulher ganesa deu à luz aos 60 anos, uma mulher conhecida como Mama Uganda deu à luz 44 filhos aos 41 anos.

Tal como a Indonésia está disposta a punir o sexo antes do casamento com penas de prisão, o mesmo deveria acontecer em África.

Renascimento espiritual em África

Ao contrário do que muitos pensam, o cristianismo não é uma religião criada pelos brancos para dominar os africanos. Já disse antes que muitos dos participantes na Bíblia não eram brancos. A Bíblia deveria ser o principal livro religioso de África e o reconhecimento de Jesus como o filho de Deus e de Deus Pai como o único Deus criador da terra, que só os africanos devem adorar.

Acrescentar o culto nos jardins de infância, bem como estudos bíblicos nas escolas e nos locais de trabalho, e a oração e o louvor obrigatórios, contribuirão para o reavivamento em África.

O reavivamento virá de África e da raça negra para o mundo inteiro. Toma medidas para que haja quatro datas por ano em que todos os africanos jejuem e rezem ao Deus bíblico. Também medidas para que o Natal e a Páscoa sejam celebrados incorporando o verdadeiro significado, com adoração e louvor, leitura da Bíblia e oração, em vez de coelhinho da Páscoa, árvore de Natal e troca de presentes.

Código moral africano

Estabelece leis contra a mudança de sexo, especialmente nas crianças, e leis contra o vestuário indecente em público e nos meios de comunicação social, bem como leis contra o pecado da homossexualidade e do lesbianismo. Estas coisas são ensinadas, mas também são espirituais, e através da educação e do empenho espiritual, bem como do ensino comportamental e moral, estas questões podem ser abordadas com sucesso.

Trata-se de lutar contra a inversão de valores, em que as pessoas estão a ser convencidas de que o mal é bom, o dinheiro e a ganância estão a corromper o mundo, as pessoas pensam que são livres de fazer tudo o que querem ou lhes apetece, há um aumento da indecência, as mulheres exibem descaradamente os seus bens na Internet e pensam que isso é ser moderno. Isto também tem de ser regulado por lei.

Não percas a fé na humanidade, vamos criar uma lei contra a violência doméstica. A tendência actual para o culto dos antepassados e a feitiçaria é ímpia: os etíopes, os sudaneses, os africanos na Bíblia adoravam o verdadeiro Deus, no entanto, muitos estão convencidos do contrário, isto aconteceu muito antes de os brancos ou os católicos usarem indevidamente a Bíblia como arma de colonização, deturpando a verdade, a Bíblia não é um livro sobre a divindade branca.

PLANO DE EDUCAÇÃO DA DIÁSPORA

Devemos visar a criação de escolas da diáspora africana em todos os continentes, escolas e institutos em linha que ensinem não só as línguas africanas nativas, mas também aulas e currículos regulares para a diáspora interagir com os seus homólogos em África, uma rede da diáspora africana. A mesma rede deveria ser não só para estudantes, mas também para pessoas empregadas, com uma base de dados de diferentes profissões e competências. As semelhanças e a partilha de recursos e competências devem ser incentivadas numa plataforma criada para o efeito.

As embaixadas devem elaborar um plano decenal para a diáspora de dez em dez anos e deve haver um plano comum para todas as diásporas.

Os cuidados de saúde devem ser gratuitos para todos os africanos, tal como a habitação, com a criação de um plano de saúde comum entre os hospitais do continente, a partilha de tecnologias e o conhecimento do pessoal e dos doentes.

A diáspora hispânica é muito boa a ensinar espanhol aos seus filhos, mesmo que tenham nascido no estrangeiro, muitos deles falam espanhol, a diáspora africana tem de aprender a fazer o mesmo, e mesmo os filhos de imigrantes africanos que nasceram no estrangeiro deveriam viajar anualmente para África para ensinar às crianças a sua terra natal e a língua.

Se não, fracassaste, se os teus filhos cresceram em liberdade porque queres dar-lhes uma vida melhor e tens orgulho em ensinar-lhes uma língua como o inglês ou o francês, mas se não lhes ensinaste a tua língua materna, fracassaste, se não conseguiste manter a ligação com as suas raízes ou não lhes permitiste amar África, da mesma forma, se vives em África e não ensinas aos teus filhos a língua materna, o africanismo e o patriotismo, também fracassaste.

Se os teus filhos nascerem no estrangeiro, dá-lhes o passaporte do teu país de origem, porque haverá alturas em que África será o lugar mais seguro do mundo, especialmente em casos de crise económica e de pandemias. Por causa de uma eventual crise económica, nunca deixes todo o teu dinheiro no banco. É aconselhável poupar algum dinheiro em casa, transformar algum do teu dinheiro em ouro ou outros activos à prova de recessão, e também criar a tua fonte autónoma de alimentos, como a agricultura ou a criação de animais, em preparação para o colapso económico do sistema financeiro global.

Seria uma boa ideia ter uma casa paga em África ou em qualquer outro lugar onde seja gratuita ou onde não pagues um imposto de habitação elevado.

Redefine a alfabetização de acordo com os padrões africanos: se não falas um dialecto ou se não conheces a realidade africana, és analfabeto.

A certificação constante é necessária para te manteres competitivo no mercado de trabalho.

O desenvolvimento tem de: redefinir-se de acordo com as normas africanas. Pessoalmente, acredito que o sucesso é ter a salvação no fim da vida.

Temos de pensar em novos modelos económicos e numa redefinição do progresso, num sistema social mais equilibrado que tenha um equilíbrio entre recursos e equilíbrio social e humanidade, e que não transforme as pessoas em seres gananciosos, orientados para o capital e desumanizados, que pensam e dão prioridade apenas ao dinheiro e não à interacção social, que deve ser tida em conta. Este modelo poderia aproveitar o melhor do capitalismo e o melhor do socialismo e evitar os seus erros e quedas.

Deveria ser criada uma base de dados onde todos os negros e africanos pudessem aceder e conhecer as necessidades de cada país em termos de investimento e carências em áreas como a educação, alimentação, agricultura, famílias, etc.

Organizações como a NAACP provaram ser ineficazes e, na maioria das vezes, estas instituições estão infiltradas e são dirigidas pelo poder branco, apesar de afirmarem lutar pelos negros.

Ultimamente, ouvimos falar muito de Israel Unido em Cristo (IUIC), aparentemente associado à filosofia do movimento israelita negro.

São necessárias mais universidades historicamente negras em todo o mundo, e o Dr. Umar Johnson está a criar uma.

Capitalismo familiar, código de investimento de exploração

Em muitos países, as famílias partilham bens e riquezas, uma vez que os africanos são tradicionalmente muito acolhedores e festivos, estando presente nas famílias um espírito de hospitalidade "A minha casa é a tua casa".

Todas as quartas-feiras e sábados, em Angola, é tradição cozinhar pratos tradicionais como o *calulu*, *a muamba* e o *funge* nos centros recreativos. Durante a era colonial, esperava-se que os negros se juntassem, comessem e dançassem ao som de música ao vivo em Luanda, onde grupos como os *Kiezos* e cantores como *Urbano de Castro* cantavam sons revolucionários muitas vezes melancólicos, alternando com animadas melodias de dança.

As reuniões de fim-de-semana entre amigos e familiares são importantes para os africanos celebrarem à mesma mesa: cultura, música, comida e bebida, mas como os valores familiares são tradicionalmente muito bons em África, onde o vizinho era a nossa família, com a tendência para a globalização isto está a tornar-se cada vez menos comum, pois as pessoas tornam-se mais egoístas.

Em muitos casamentos e festas africanos, as famílias não se importam de gastar todo o dinheiro e de ter uma mesa com sete ou mais pratos com um sortido variado de comida e bebida, mesmo as pessoas pobres gostam de fazer grandes festas, ao ponto de algumas terem de pedir dinheiro emprestado, mesmo as pessoas pobres gostam de fazer grandes festas, ao ponto de algumas terem que pedir dinheiro emprestado, obter contribuições de familiares ou mesmo pedir crédito, ao ponto de no dia seguinte acontecer que os recém-casados não têm casa para viver ou mobília, mas gastaram num grande casamento, ao contrário dos países ocidentais, onde podes encontrar um casamento apenas com batatas fritas e uma sanduíche.

Isto tem de ser equilibrado, os negros também têm de aprender a poupar, mantendo os seus hábitos básicos, a tendência para dar prioridade à boa aparência, para gastar muito dinheiro em jóias, num telemóvel caro, em extensões de cabelo seguindo as tendências dos treinadores e não tendo riqueza, isso é absurdo.

Tens de criar um código de conduta, porque entre as famílias africanas há uma tendência para uma família ter mais do que a outra, isto cria um ciclo de uma família estar sempre a dar à outra família sem nunca dar nada em troca, tens de criar uma educação para as pessoas aprenderem a dar e a receber. E para aqueles que não têm dinheiro, dá o teu tempo, a tua força de trabalho e a tua mão a qualquer assunto de família, não sejas apenas um tomador, sê recíproco e grato à família que te ajudou no passado e ajuda-a também em fases posteriores.

Também nas empresas familiares, em algumas regiões, os membros da família querem vir e não pagam os serviços aos seus familiares. A gestão responsável deve ser ensinada quando os familiares vêm e ajudam a financiar as empresas uns dos outros e não a saquear.

Apoiemos as empresas africanas em todo o mundo, se és africano onde quer que estejas, apoia as empresas africanas: come no seu restaurante, compra os seus produtos, impõe a nossa cultura, planta as nossas empresas e centros culturais em todo o mundo.

O dinheiro tem de trabalhar para ti e não o contrário, o rendimento passivo.

Todos os negros deveriam mudar os seus nomes por lei para adoptarem nomes africanos e abolirem os nomes europeus e outros, se és africano como é que te chamas Smith ou Paulo, etc.?

Refinanciamento de África, investimento negro.

O continente africano é, sem dúvida, o continente mais rico em recursos. Recursos como o ouro, os diamantes, o petróleo, o gás natural, o cobre e o urânio, entre outros, são extraídos em diferentes partes do continente. Quase todos os países de África têm um depósito de recursos naturais e albergam 30% das reservas minerais do mundo, 8% do gás natural do mundo e 12% das reservas de petróleo do mundo. O continente possui 40% do ouro do mundo e até 90% do cromo e da platina do mundo.

A diáspora africana tem uma população de 140 milhões de pessoas, enquanto a África tem uma população de 1,2 mil milhões, e os países mais populosos da diáspora africana são o Brasil, a Colômbia, a América, a República Dominicana e o Haiti.

A União Africana considera a diáspora como a "sexta região" de África. O número estimado de africanos da diáspora por região é: América do Norte, 39,16 milhões; América Latina, 112,65 milhões; Caraíbas, 13,56 milhões; e Europa, 3,51 milhões.

De acordo com o Banco Mundial, mais de 40 mil milhões de dólares são enviados para a África subsariana todos os anos através de transferências de dinheiro. O Mali ocupa o nono lugar entre os países africanos em termos de fundos enviados para casa pelos estrangeiros.

Algumas economias ganhariam e outras perderiam com as uniões monetárias regionais e sub-regionais africanas propostas. A plena união monetária entre os membros da Zona Monetária da África Ocidental ou da Comunidade Económica dos Estados da África Ocidental teria uma aceitação mista.

A Nigéria, com um capital de 480,482 mil milhões de dólares, tem uma população de cerca de 202 milhões de habitantes e continua a dominar a lista dos países mais ricos de África.

A Maurícia e o Gana são os países mais seguros de África. A Maurícia é também o 28º país mais seguro do mundo, é uma nação insular multicultural, familiar e segura.

Kadhafi era visto como um inimigo dos países ocidentais devido ao seu desejo de ter os "Estados Unidos de África", esperava ter um dia um governo africano unificado, acreditava que era a única forma de África se desenvolver sem a interferência do Ocidente, "...e não era um "Estados Unidos de África", mas um "Estados Unidos de África".

Queria introduzir um dinar de ouro para apoiar as moedas africanas, libertando assim a África do padrão dólar. Protege os recursos naturais de África daquilo a que chama os "saqueadores" ocidentais. "

A África tem aproximadamente 30.365.000 km2 (11.724.000 milhas quadradas), e o continente mede cerca de 8.000 km (5.000 milhas) de norte a sul e cerca de 7.400 km (4.600 milhas) de leste a oeste.

São necessários estudos sobre: Como aplicar novos métodos e tecnologias agrícolas para equilibrar esta discrepância e permitir que os agricultores de subsistência possam competir com as explorações comerciais.

COMÉRCIO INTRA-AFRICANO.

De acordo com o Banco Mundial, 12 milhões de jovens entram no mercado de trabalho todos os anos, enquanto apenas 3 milhões de empregos formais são criados. Com uma idade média de 25 anos, África é o continente mais jovem do mundo.

A reconstrução da imagem de África é imperativa, os africanos precisam de descobrir África para o turismo, a escolaridade, a educação e o casamento. A diáspora também tem de ver África como um lugar perfeito para perseguir os seus sonhos, criar uma família, procurar trabalho, melhorar a educação, encontrar um parceiro e casar. Muitos negros são solteiros na diáspora e têm de procurar a sua alma gémea, que não conseguem encontrar, regressando e procurando na terra natal.

É necessário criar um sistema ferroviário *em África*, que permita às pessoas deslocarem-se de norte a sul e de oeste a leste do continente. É claro que é necessário um plano não só para iluminar África, mas também para reestruturar as infraestruturas rodoviárias.

Deveria ser criado um passe de viagem africano para o continente, com descontos que incluam também a diáspora, tanto para viagens aéreas e marítimas como para viagens rodoviárias e ferroviárias.

A abundância de religiões e línguas no continente pode ser um obstáculo à criação de unidade entre as diferentes tribos.

A África Subsariana alberga quase metade da terra utilizável não cultivada do mundo, mas até agora o continente não conseguiu desenvolver esta terra não utilizada, estimada em mais de 202 milhões de hectares, para reduzir drasticamente a pobreza, impulsionar o crescimento, o emprego e partilhar a prosperidade.

Todos os africanos e negros na diáspora deveriam receber terras para cultivar em África. De acordo com o novo relatório do Banco Mundial, "Garantir a Terra de África para Uma Prosperidade Partilhada", os países africanos podem efetivamente acabar com a "apropriação de terras", produzir muito mais alimentos em toda a região e transformar as suas perspectivas de desenvolvimento se conseguirem modernizar os complexos procedimentos de governação que regem a propriedade da terra e geri-los durante a próxima década, uma vez que África tem a taxa de pobreza mais elevada do mundo, com 47,5% da população a viver com menos de 1,25 dólares por dia.

A China tem o maior sistema educativo do mundo. Com quase 260 milhões de estudantes e mais de 15 milhões de professores em cerca de 514.000 escolas (Gabinete Nacional de Estatísticas da China, 2014), excluindo as instituições de ensino superior, é imenso e diversificado.

Quantas universidades existem em África? De acordo com a base de dados Unirank, existem atualmente 1.225 instituições de ensino superior oficialmente reconhecidas em África em 2020.

Em 2021, o número total de escolas na África do Sul ascendia a quase 24,9 mil, sendo que a maioria destas escolas eram entidades públicas, compreendendo cerca de

91,3 por cento do número total de escolas, apenas 2.154 escolas eram instituições de ensino independentes.

Existe uma associação clara entre o aumento da população em idade activa e o crescimento económico. Em 2100, metade dos jovens do mundo viverá em África.

A África precisa de diminuir as importações e aumentar as exportações, desenvolvendo as suas próprias marcas e produtos. Para isso, África precisa de consumir produtos africanos e reduzir a promoção de produtos estrangeiros.

Os bancos têm de manter o dinheiro africano em África, se os africanos mantiverem o seu dinheiro em bancos africanos: o continente beneficia, eles também têm de investir o seu dinheiro no continente. Africanos, deixem de pôr o vosso dinheiro em bancos estrangeiros.

A crise energética africana, com os cortes de energia, é apenas um exemplo de que tem de haver um plano para iluminar novamente a África.

São necessários abrigos de assistência alimentar gratuitos, uma política de fome zero, ninguém deve morrer à fome em África e, no entanto, a África Subsariana está agora a sofrer uma das mais alarmantes crises alimentares. Cerca de 146 milhões de pessoas sofrem de insegurança alimentar e necessitam de ajuda humanitária urgente.

A África só pode ser bem sucedida se se capacitar financeiramente e der às pessoas poder e acesso à riqueza.

Situação do comércio regional em África

O comércio total de África com o resto do mundo foi em média de 760 mil milhões de dólares durante 2015-2017, em comparação com 481 mil milhões de dólares da Oceânia, 4 109 mil milhões de dólares da Europa, 5 140 mil milhões de dólares das Américas e 6 801 mil milhões de dólares da Ásia. Este número também mostra que África não consegue vender bens, normalmente África vende recursos, mas não consegue vender bens, os mesmos bens que compram são normalmente feitos dos mesmos recursos que venderam.

Podemos constatar que os países africanos não fazem muitas trocas comerciais entre si.

O comércio intra-africano, definido como a média das exportações e importações intra-africanas, situou-se em cerca de 15,2% durante o período 2015-2017, enquanto os valores comparativos para as Américas, Ásia, Europa e Oceânia foram, respectivamente, 47%, 61%, 67% e 7%.

O DÉFICE EDUCATIVO

A educação deve ter como objetivo a formação do carácter e da personalidade, em vez de se limitar a fornecer informações.

Devem ser tomadas medidas para proteger a mão-de-obra local com quotas, as empresas têm de contratar pessoas da região onde estão localizadas. Um programa educativo pode também ter em conta as necessidades profissionais de cada zona do país para cada década, e fazer ajustamentos na habitação, nos incentivos económicos, na educação e na deslocalização dos cidadãos, tendo em conta a discrepância de idades e de competências necessárias no presente e no futuro. Para estas administrações locais, o conselho escolar e o governo têm de estar em sintonia.

A mão-de-obra estrangeira tem de vir em número mínimo, ficar o menos tempo possível e ensinar todas as suas competências a muitos aprendentes multiformes até ao ponto em que deixem de ser necessários.

É igualmente importante que os salários locais sejam competitivos e que o país não importe demasiada mão-de-obra estrangeira com uma diferença salarial desnecessariamente distorcida.

Muitos métodos de avaliação das funções cognitivas:

O GDO-R utiliza a observação directa para avaliar as respostas cognitivas, linguísticas, motoras e socio-emocionais da criança em cinco domínios e também a compreensão do desenvolvimento, das letras, dos números, linguística, visual, espacial, socio-emocional e adaptativa.

A África gasta muito dinheiro a enviar estudantes para o estrangeiro, seria mais sensato se esse mesmo dinheiro fosse investido em trazer conhecimentos para as escolas africanas, pois assim gastar-se-ia menos dinheiro em despesas de subsistência e de viagem, e corrigir este mau hábito ajudaria a financiar escolas como noutros continentes, Em vez disso, deveriam ser trazidos novos africanos para África para ensinar e multiplicar os seus conhecimentos, fazendo com que os professores estrangeiros formem novos africanos para se tornarem professores e académicos, para que os africanos possam ter uma educação de boa qualidade em África, embora o sistema não deva depender apenas de conhecimentos estrangeiros, mas sobretudo dos nossos valores e liderança e de um currículo africano, e não de uma imitação do ocidental.

Quando se estuda no estrangeiro, os currículos não são muitas vezes adaptados às realidades africanas, o que causa esta discrepância entre os licenciados que regressam a África para trabalhar. Os currículos africanos deveriam ser adaptados às suas próprias necessidades e planos.

Os demógrafos prevêem que o número de jovens na África Subsariana duplicará para 400 milhões até 2050; no caso da Nigéria, o número mais do que duplicará, passando de menos de 35 milhões para quase 80 milhões, uma vez que os especialistas em desenvolvimento vêem aqui a oportunidade de África ganhar o terreno perdido.

Em teoria, um rápido aumento da população jovem poderia conduzir a um aumento da poupança, a uma maior produtividade e a um crescimento económico mais rápido. Mas para que isso aconteça, as pessoas precisam de ser saudáveis e qualificadas. A ressalva é que o rápido crescimento do número de jovens exige melhorias no acesso e na qualidade da educação.

A África Subsariana é rica em recursos energéticos, mas carece de electricidade. A Nigéria é ilustrativa deste problema: uma economia de rendimento médio-baixo com imensos recursos energéticos tem 73 milhões de pessoas sem acesso à electricidade. Mesmo na África do Sul, uma economia de rendimento médio alto, 8 milhões de pessoas vivem sem electricidade. De acordo com o World Energy Outlook 2017, 588 milhões de pessoas na África Subsariana, mais de metade da população da região, não tinham acesso à electricidade em 2016. Globalmente, cerca de 1,06 mil milhões de pessoas viviam sem acesso à electricidade em 2016, mais de metade das quais em África.

A nossa ênfase na educação, na energia e na fiscalidade não é nova e tem sido reconhecida por muitos observadores africanos. O progresso nestas áreas tem sido fraco em comparação com o que é necessário para alcançar os objectivos de desenvolvimento e em relação ao que está a ser alcançado noutras partes do mundo em desenvolvimento. O potencial de África é minado por baixas expectativas, especialmente a ideia de que taxas médias anuais de crescimento do PIB de 3-4% são suficientes para um desenvolvimento satisfatório.

As teses e os projetos dos alunos na Universidade deveriam, então, tornar-se projetos e ser aplicados em qualquer área a que pertençam, em vez de ficarem parados no gabinete dos professores na biblioteca da escola, pelo que é necessário haver uma ligação entre as empresas de investimento, as escolas e os departamentos da Universidade que se devem encarregar de aprovar os projetos dos alunos para que estes possam ser efetivamente aplicados com rendimentos também para o autor.

As universidades e as escolas de todo o continente deveriam realizar programas de intercâmbio.

Os países devem também basear o seu sistema educativo de acordo com os seus recursos, por exemplo, se um país é rico em petróleo, faz sentido formar pessoas nessa área, mas se um país é rico em diamantes, tem de adoptar a sua educação em conformidade.

O sistema educativo deveria ter uma quota a seguir por disciplina, e o governo deveria ajudar, encontrar e encorajar pessoas em diferentes áreas, para criar um equilíbrio entre os profissionais necessários e os profissionais criados. A isto se pode chamar o programa paralelo de desenvolvimento educativo, económico e social.

Se um país precisar de 20.000 novos médicos em 10 anos, mas só houver 1.000 estudantes nessa área, haverá um problema. Devem ser criados incentivos para direcionar as pessoas para as áreas necessárias.

Os dirigentes africanos deveriam ser obrigados por lei a utilizar os hospitais e as escolas públicas do país, bem como as suas famílias.

Eu redefino a riqueza como tendo flexibilidade e tempo.

Os africanos devem manter as informações importantes protegidas fora da Internet e longe da espionagem tecnológica através de dispositivos como as redes sociais, os telemóveis, as televisões, etc. Por esta razão, deveriam até construir o seu próprio.

A sede da União Africana foi construída na Etiópia pelos chineses; descobriu-se mais tarde que tinham sido instaladas câmaras para espionagem.

A cultura é forte

As autoridades ganesas deram o corajoso passo de se libertarem dos grilhões dos senhores coloniais, reinventando os seus próprios uniformes escolares. Para que os africanos possam progredir, podem seguir o passo certo dado pelo Gana, que aplicou uniformes escolares africanizados para conseguir um aspecto mais bonito e mais indígena. Desenvolver a moda típica africana é uma obrigação, tanto para as cerimónias como para o dia-a-dia.

As línguas africanas devem ser tornadas obrigatórias nas escolas e um dialecto africano deve ser aplicado como língua principal para substituir as línguas ocidentais, que agora devem ser consideradas dialectos.

As escolas de línguas africanas seriam beneficiadas, bem como as obras literárias e artísticas, etc.

Criar uma cultura forte é também uma forma de ganhar dinheiro.

Os políticos e os meios de comunicação social das companhias aéreas africanas devem utilizar apenas a língua africana, eventualmente com legendas em língua estrangeira, e vestir-se com trajes africanos. As companhias aéreas africanas devem servir comida africana.

A moda africana deve ser promovida e colocada no lugar da moda europeia padrão. A actual liberdade de vestuário e a exposição do corpo devem ser proibidas, e os vestidos decentes e modestos que cobrem o corpo devem ser a norma por lei. Nos concursos de beleza, os vestidos e trajes africanos devem substituir as roupas estrangeiras.

O mesmo se aplica a África:

1 Mantém os seus valores de abstinência sexual até ao casamento e promove-a nas escolas, nos concursos de beleza, a pureza deve ser uma norma em África, para criar um continente santo.

2 Não sigas a tendência dos países ocidentais para legalizar o casamento entre pessoas do mesmo sexo.

No Uganda, a homossexualidade é condenada, muitos países africanos desafiaram as pressões para normalizar as relações entre pessoas do mesmo sexo, em alguns países é punida por lei, e deveria ser punida por lei em toda a África. A África deveria proibir esta prática, outros desvios matrimoniais e pecaminosos deveriam também ser desencorajados. A Bíblia deveria ser o código moral de África e os meios de comunicação social, filmes, música, etc., com valores contrários a estes deveriam ser bloqueados.

O negro é belo, temos de o ensinar através da educação, dos filmes, dos livros, da arte, etc.

Quantos líderes africanos que falam de revolução foram assassinados?

Depois de ter tomado o poder aos 33 anos, o revolucionário marxista Thomas Sankara, conhecido como o "Che Guevara de África", fez campanha contra a corrupção e supervisionou grandes aumentos nas despesas com a educação e a saúde. Segundo a acusação, foi atraído para a morte numa reunião do Conselho Nacional Revolucionário, no poder.

Lançou um programa de vacinação em massa numa tentativa de erradicar a poliomielite, a meningite e o sarampo e, entre 1983 e 1985, foram vacinados 2 milhões de burquinenses. Antes da presidência de Sankara, a mortalidade infantil no Burkina Faso rondava os 20,8%; durante a sua presidência, baixou para 14,5%.

De acordo com o historiador amador Richmond Apore, Thomas Sankara não seguiu a dica dos seus colegas líderes africanos quando assumiu o controlo do Burkina Faso em 1983. Em 3 anos, apesar de o Burkina Faso ser um país sem recursos naturais e com um mínimo de terras agrícolas, em 1986 o país era virtualmente auto-suficiente e produzia o dobro dos recursos e alimentos de que necessitava para sobreviver, com zero corrupção e 100% de eficiência para um rápido crescimento nacional.

Para contextualizar, a Etiópia, uma nação mais abençoada em termos de recursos e de industrialização, foi atingida por uma onda maciça de fome, enquanto o Gana e a Costa do Marfim, os dois principais exportadores do cacau, um produto em expansão na altura, importavam arroz, entre outros, de países estrangeiros e tinham economias magras e estagnadas.

Acima de tudo, Thomas Sankara mostrou ao mundo que o que Lee Kuan Yew e Park Chung Lee fizeram em Singapura e na Coreia do Sul, respectivamente, que transformaram as suas nações de terceiro mundo em primeiro mundo em menos de 30 anos, não aconteceu por magia e pode ser reproduzido nas nações africanas com uma liderança visionária eficaz.

Já para não falar que o horror que Sankara representava para os neocolonizadores em progresso era aterrador e tinha de ser morto o mais depressa possível, antes que outros líderes e massas africanas começassem a seguir as suas ideias. Adivinha, agora vamos seguir os seus ideais, todos nós.

Tem havido um ciclo de líderes revolucionários assassinados, como o demonstram os discursos de alguns líderes antes do assassinato, em que expressavam preocupação pela sua segurança pouco antes de serem assassinados, como o discurso de Martin Luther King no cimo da montanha, em que disse: "Não tenho medo de morrer, gostaria de viver uma vida longa como toda a gente".

Durante uma Cimeira de Líderes Africanos, Sankara exortou os seus colegas a serem cépticos em relação à dívida contínua que lhes era imposta, afirmando que "continuariam a pagar perpetuamente esta dívida interminável que contradiz os esforços para um crescimento nacional nascente" e, se não lhe dessem ouvidos, disse que esta seria a sua última cimeira. Foi assassinado poucas semanas depois desse discurso.

Tentava também despertar as massas da Nigéria, rica mas mal governada, para que começassem a questionar a liderança ineficaz e sem rumo que enfrentavam, tal como no Gana, em Angola, etc. Despertar as massas, como se viu durante a Primavera Árabe, em que massas heterogéneas despertaram para estas questões em rebelião contra a liderança. Thomas Sankara, nos anos 80, era como Lumumba, nos anos 60, a lutar por causas semelhantes.

Graça Machel, viúva de Samora Machel, afirmou recentemente que morreu quando o avião do antigo presidente moçambicano se despenhou.

A prospecção recente revelou que o Uganda possui jazidas de ouro de cerca de 31 milhões de toneladas e pretende atrair grandes investidores para desenvolver o sector, até agora dominado por mineiros de pequena escala.

Nos últimos dois anos, foram realizados levantamentos aéreos em todo o país, seguidos de levantamentos e análises geofísicas e geoquímicas, disse Solomon Muyita, porta-voz do Ministério da Energia e Desenvolvimento Mineral, à Reuters.

Estima-se que 320 158 toneladas de ouro refinado possam ser extraídas dos 31 milhões de toneladas de minério; a maioria dos depósitos foi descoberta em Karamoja, uma zona desértica no extremo nordeste do país, na fronteira com o Quénia. A maioria dos depósitos foi descoberta em Karamoja, uma zona desértica no extremo nordeste do país, na fronteira com o Quénia. O Uganda afirma que os resultados da exploração mostram que possui 31 milhões de toneladas de minério de ouro.

Muyita disse que a Wagagai, uma empresa chinesa, tinha criado uma mina em Busia, no leste do Uganda, que deveria começar a produzir. A Wagagai investiu 200 milhões de dólares e a sua mina terá uma unidade de refinação. A Marena Gold tornar-se-á a maior refinadora de ouro da África Ocidental. Além disso, a Marena Gold planeia introduzir o comércio de metais preciosos, como o ouro e a prata, e estabelecer ligações com o governo e a indústria mineira local, ajudando a facilitar o desenvolvimento e a expansão do mercado regional de metais preciosos.

Há muito que a Etiópia domina o mercado africano do café. Fornece, pelo menos, 60% das receitas de exportação da Etiópia, uma economia e uma sociedade que dependem fortemente da indústria do café.

CENTRO AFRICANO DE INVENÇÕES

Mantém os direitos de autor das invenções ao serviço de África.

Adolescentes sul-africanos atravessam África num avião que eles próprios construíram.

Um grupo de adolescentes sul-africanos montou um avião de quatro lugares e está a pilotá-lo através do continente. Os especialistas em aviação afirmam que se trata de um grande feito, que irá inspirar os adolescentes que querem ser pilotos, engenheiros ou qualquer outra coisa.

Megan Werner, de 17 anos, é piloto, mas ainda não tem carta de condução. A sua organização sem fins lucrativos U-Dream Global ajudou um grupo diversificado de 20 adolescentes africanos a pilotar um pequeno avião. Werner e alguns dos seus colegas pilotos deixaram a Cidade do Cabo esta semana num voo de ida e volta para o Cairo, com paragens em 11 países pelo caminho.

Rodgers Wambua, um estudante queniano da Universidade de Ciência e Tecnologia de Masinde Muliro (MMUST), criou uma aplicação Bluetooth que permite a qualquer pessoa enviar mensagens sem ter de pagar taxas de dados. Conhecida como "Bluetooth Chat", a aplicação permite-te conversar quando tiveres um smartphone Android com a aplicação instalada. "Com o Bluetooth Chat, podes conversar com os teus amigos mesmo sem dados no teu telefone ou WI-FI instalado no teu ambiente. Não tens qualquer custo", disse Standard Wambua, um estudante do terceiro ano da licenciatura em Tecnologias da Informação, aos meios de comunicação locais.

Como combater o domínio dos produtos ocidentais.

Independência tecnológica e de fabrico.

O sistema de comércio global dominado pelo Ocidente implementou um ciclo de oferta e procura, em que os bens se tornam obsoletos à medida que são criados modelos mais recentes e os mais antigos se extinguem, tal como acontece com o software à medida que são introduzidos novos, de modo que os mais antigos já não podem funcionar e já não são funcionais, obrigando os clientes a seguir as novas tendências e aparelhos porque já não podem funcionar ou mesmo reparar as versões mais antigas. Este ciclo para os compradores e as economias africanas consiste em seguir as suas tendências. A única forma de os parar é criar o teu próprio ciclo.

A África precisa de desenvolver a capacidade de reparar, criar e manter a sua própria estrutura de produção de bens e serviços e de tecnologia e software. É igualmente necessário criar uma Internet africana.

É igualmente importante que a África se desenvolva no domínio do espaço e dos satélites, bem como no desenvolvimento de armas, e podem ser estabelecidas parcerias neste domínio.

AMOR DE NEGRO PARA NEGRO: Os negros bem sucedidos têm de investir os seus recursos em África e casar dentro da raça. Também precisam de manter o seu dinheiro em África.

É importante que a riqueza financeira dos negros seja também transmitida aos negros, para criar uma riqueza geracional.

Lembra-te, sempre que casares com alguém de fora da tua raça, há uma irmã ou um irmão da tua raça que provavelmente está solteiro e estás a afectar a família negra.

Não te esqueças que o teu rendimento e as tuas competências profissionais são também um recurso valioso para o teu parceiro negro.

Por causa do feminismo e da emancipação, as mulheres não gostam de ouvir que é importante que as mulheres sejam submissas aos seus maridos, de acordo com a Bíblia em Efésios 5:22.

Se os homens começarem a tratar as suas mulheres como rainhas e as mulheres começarem a tratar os seus homens como reis, o Amor Negro florescerá. Os homens também têm de ser submissos a Deus e submissos para amar e satisfazer as Suas necessidades.

A criação de uma cultura forte facilitará o casamento entre negros porque têm hábitos de vida semelhantes.

É importante que a diáspora invista na agricultura, na tecnologia, na educação, etc. É preciso também que tenha consciência da necessidade de criar investimento e de empregar os seus próprios trabalhadores, investimentos esses que também devem ser feitos na diáspora.

Transfere competências e conhecimentos da diáspora africana.

A aliança com outros grupos minoritários que estão a ressurgir, países como o Paquistão e a Índia, são fontes de competências e de conhecimentos baratos, que a África poderia utilizar, para citar alguns, à medida que vai subindo na hierarquia. Constrói outra rua negra, na verdade, constrói pelo menos uma em cada país, como se fossem cidades na China.

Um pouco de história de África.

Durante mais de 3100 anos, o Egipto foi uma superpotência (sem contar com as culturas neolíticas e pré-dinásticas de 6000-3200 a.C.). era conhecido como khemet.

Universidade de Al-Karaouine

A Universidade Al-Karaouine (também conhecida como al-Quaraouiyine e al-Qarawiyyin) é considerada pelo Guinness World Records como a mais antiga ou a primeira universidade do mundo, fundada em 859 d.C. em Fez, Marrocos (Guinness World Records, n.d.).

O Reino de Aksum foi um império comercial cujo centro se situava na Eritreia e no norte da Etiópia. Existiu entre cerca de 100 e 940 d.C., começando no período proto-axumita da Idade do Ferro.

O nome "Etiópia" (hebraico Kush) é mencionado na Bíblia inúmeras vezes (trinta e sete na versão King James) e é, em muitos aspectos, considerado um lugar sagrado. A Etiópia é o único país da África subsariana que nunca foi colonizado. "Alguns historiadores atribuem-no ao facto de ser um Estado há muito tempo.

Na Bíblia, há muitos negros (Is 18,2; Jr 13,23). A mulher de Moisés era de Cusse (Nm 12,15). Um cuchita informou David da morte de Absalão (2 Sm 18,21.31-33). Diz-se que Ebede-Meleque tinha um antepassado cuchita (Jr 38,6-14; 39,16-18.

Jesus, apesar da deturpação de que tinha olhos azuis, nem ele nem Maria eram considerados brancos.

As tribos cuchitas, que aparentemente se situavam a sul do actual Israel ou a sul da actual Jordânia, foram na sua maioria assimiladas a Midiã (Cassuto: 198; Goldenberg: 220, n. 25). Esta ligação permite-nos identificar a mulher cuchita de Moisés com Zípora, a mulher midianita de Moisés (Êxodo 2,21).

ÁFRICA UNIDA: UNIDOS SOMOS MAIS FORTES

Aconselha-se que o suborno político, a corrupção e o desvio de fundos sejam punidos com penas de prisão pesadas, que os autores sejam proibidos de voltar a exercer funções e que o nepotismo seja combatido.

Os interesses do país e da maioria devem vir antes dos interesses partidários, para criar um espírito patriótico em cada negro. Com uma grande variedade de tribos e línguas, é um desafio encontrar um terreno comum, embora seja possível.

Os líderes africanos têm de deixar de pedir esmolas e de procurar a validação dos países ocidentais, nós podemos validar-nos a nós próprios.

A teoria que há muito atormenta os africanos, em que muitos líderes e reis africanos venderam o seu próprio povo (dividir para conquistar), continua a ser a mesma hoje em dia com muitos governos, os africanos têm de aprender a unir-se e a ver os seus companheiros negros como irmãos e a manterem-se unidos, a conhecerem-se uns aos outros. Os africanos têm de conhecer África e os africanos.

Patrice Lumumba foi um líder radical do movimento de independência congolês que resistiu ao colonialismo belga e aos interesses corporativos. Foi por isso que, há mais de 59 anos, foi assassinado num golpe de Estado apoiado pelos EUA.

Nascido em 1925, Patrice Émery Lumumba foi um líder anti-colonial radical que se tornou primeiro-ministro do Congo recém-independente aos trinta e cinco anos de idade. Sete meses mais tarde, a 17 de Janeiro de 1961, foi assassinado.

Lumumba tornou-se um opositor do racismo belga depois de ter sido preso em 1957, acusado pelas autoridades coloniais. Após doze meses de prisão, arranjou emprego como vendedor de cerveja, período durante o qual desenvolveu os seus dotes oratórios e adoptou a opinião de que a vasta riqueza mineral do Congo deveria beneficiar o povo congolês e não os interesses de empresas estrangeiras.

Os horizontes políticos de Lumumba estendiam-se para além do Congo. Foi apanhado por uma onda mais vasta de nacionalismo africano que varria o continente. Em Dezembro de 1958, o Presidente do Gana, Kwame Nkrumah, convidou Lumumba a participar na Conferência Anti-Colonial de Todos os Povos Africanos, que atraiu associações cívicas, sindicatos e outras organizações populares. Dois anos mais tarde, na sequência da exigência de eleições democráticas por parte das massas, o Mouvement National Congolais, liderado por Lumumba, ganhou de forma decisiva a primeira eleição parlamentar do

Congo. O líder nacionalista de esquerda assumiu o poder em Junho de 1960.

Mas as propostas progressistas-populistas de Lumumba e a sua oposição ao movimento secessionista do Katanga (liderado pelos Estados coloniais brancos da África Austral e que proclamou a independência do Congo a 11 de Julho de 1960) enfureceram uma série de interesses estrangeiros e locais: o Estado colonial belga, as empresas que extraíam os recursos minerais do Congo e os líderes dos Estados brancos da África Austral. Solicitou a ajuda militar soviética para pôr termo à incipiente crise do Congo provocada pelos secessionistas apoiados pelos belgas, que se revelou fatal.

Lumumba foi torturado e executado num golpe apoiado pelas autoridades belgas, pelos Estados Unidos e pelas Nações Unidas.

Entre 1525 e 1866, em toda a história do comércio de escravos para o Novo Mundo, de acordo com a Base de Dados do Comércio Transatlântico de Escravos, 12,5 milhões de africanos foram enviados para o Novo Mundo, 10,7 milhões sobreviveram à temida Passagem do Meio, desembarcando na América do Norte, nas Caraíbas e na América do Sul.

Estados Unidos em 1860:

A população total incluía 3.953.762 escravos. Quando os resultados do recenseamento de 1860 estavam prontos para serem tabulados, a nação estava a mergulhar na Guerra Civil Americana.

Estima-se que 4,9 milhões de pessoas escravizadas foram importadas de África para o Brasil entre 1501 e 1866; até ao início da década de 1850, a maioria dos africanos escravizados que chegavam às costas brasileiras eram obrigados a embarcar em portos da África Centro-Ocidental, especialmente em Luanda (actual Angola).

Durante esse período, o Brasil recebeu africanos de todas as partes do continente, desembarcando quase cinco milhões de pessoas no total. Só a Bahia importou mais de 1,3 milhão de homens, mulheres e crianças.

A língua kimbundu também atravessou o oceano e foi integrada em Portugal, e até hoje palavras como *kuxilu*, que é usada no português do Brasil e significa dormir a sesta, foram importadas da língua kimbundu angolana. A comida africana também atravessou o oceano à medida que os escravos eram levados para os seus destinos ultramarinos, assim como outros aspectos culturais, como as danças. Em Angola há uma dança chamada Semba e no Brasil o Samba.

Entre 1500 e 1866, os europeus transportaram cerca de 12,5 milhões de africanos escravizados para a América, dos quais aproximadamente 1,8 milhões morreram na Passagem Média do tráfico transatlântico de escravos. Escravos de Angola vieram para os EUA, até hoje existe uma cidade chamada Angola nos EUA. Angola, até à data, é uma cidade em Município de Pleasant, Condado de Steuben, Indiana, EUA. A população era de 8.612 habitantes no censo de 2010.

Angola é também uma aldeia na cidade de Evans, condado de Erie, Nova Iorque, Estados Unidos. Localizada a 3 km a leste do Lago Erie, a aldeia fica a 35 km a sudoeste do centro de Buffalo. De acordo com o Censo de 2010, Angola tinha uma população de 2.127 habitantes.

Angola é a maior prisão de segurança máxima dos Estados Unidos, com 6.300 reclusos e 1.800 funcionários, incluindo guardas prisionais, vigilantes e pessoal de manutenção.

Recebe o nome "Angola" em homenagem à antiga plantação de escravos que ocupava este território. Esta plantação foi baptizada com o nome do país de Angola, de onde vieram muitos escravos antes de chegarem ao Louisiana.

Na década de 1960 e no início da década de 1970 (1970/71 - 1975/76), Angola, o país, era um dos maiores produtores e exportadores de café de África, ficando apenas atrás da Costa do Marfim e mesmo em primeiro lugar em alguns anos. Entre os principais países produtores de café de África encontra-se o berço do grão de café preferido do mundo.

Em 2021, passa de 13,97 dólares para 15,37 dólares por hora. Esta taxa equivale a cerca de 32.000 dólares por ano.

APRISIONAMENTO DOS NEGROS EM CICLOS DE POBREZA

The New Jim Crow / Mass Incarceration in *The Story Behind the Crack Explosion"*, uma série de investigação em três partes publicada no mês passado no San Jose Mercury News, explica como quantidades maciças de cocaína em pó barata foram canalizadas para o centro sul de Los Angeles por agentes conhecidos da CIA, numa tentativa de aumentar o financiamento do exército contra na Nicarágua.

Um conhecido traficante de rua de Los Angeles converteu as grandes quantidades de cocaína em pó em crack e distribuiu a droga recém-transformada através da rede de gangs da zona de Los Angeles. Os gangues, por sua vez, ganharam poder, influência e influência económica que se estenderam a outras áreas urbanas, através de drogas plantadas em bairros negros.

Talvez seja óbvio o rumor de que a epidemia de crack foi engendrada pelo governo para controlar e encarcerar um grande número de negros urbanos.

Actualmente, nos EUA, há quase cinco vezes mais pessoas a cumprir penas de prisão perpétua do que em 1984, uma taxa de crescimento que ultrapassou mesmo o crescimento acentuado da população prisional total durante este período. As disparidades raciais e étnicas afectam todo o sistema de justiça penal, desde a detenção até à sentença, e são mais acentuadas entre os que cumprem penas de prisão perpétua. Um em cada cinco homens negros encarcerados cumpre prisão perpétua e dois terços de todas as pessoas que cumprem prisão perpétua são pessoas de cor.

Não admira que lhe chamem Casa Branca. Quando os americanos dizem que tiveram um presidente e um vice-presidente negros, podemos interrogar-nos porque é que é sempre um negro de pele mais clara, em vez de um irmão ou irmã escura, mesmo no colonialismo, os negros de pele mais clara eram preferidos para os melhores empregos, como por exemplo, ascensorista ou secretária, enquanto os negros de pele mais escura eram relegados para os empregos mais difíceis.

Esta tendência para os negros mais claros ocuparem posições de destaque ainda se verifica em alguns países africanos, mesmo em alguns concursos de beleza em que os traços europeus são considerados os melhores. Provavelmente, existe uma lei que diz que uma mulher negra só pode ganhar de 10 em 10 anos. É por isso que nunca ganham em anos sucessivos. Há necessidade de desfiles de moda para negros de pele escura com cabelo natural, a negritude tem de ser promovida.

O aparecimento de leis como a Lei da Coroa, que proíbe a discriminação com base na textura e nos penteados, o respeito no local de trabalho e nas escolas, bem como a liberdade noutros locais para os negros usarem estilos como as tranças torcidas, os *bantu* knots, o cabelo natural afros é uma realidade, mas embora seja um bom começo, é imperativo que essas leis sejam alargadas a outros aspectos culturais.

Não podes obrigar um trabalhador negro a alisar o cabelo. A idade do daltonismo é um alvo.

Os negros ricos devem investir nos bairros negros, criando oportunidades de emprego e de educação, o que ajuda a reduzir as taxas de criminalidade. Não deve ser uma responsabilidade individual, mas colectiva, de cada negro cuidar dos seus companheiros negros.

Martin Luther King e o seu icónico discurso *"Eu tenho um sonho"*.

Foi a força motriz por detrás de acontecimentos decisivos como o Boicote aos Autocarros de Montgomery e a Marcha sobre Washington de 1963, que contribuíram para a promulgação de leis marcantes como a Lei dos Direitos Civis e a Lei dos Direitos de Voto. King recebeu o Prémio Nobel da Paz em 1964 e é recordado todos os anos no Dia de Martin Luther King Jr.

Malcolm X era aparentemente mais radical. Luther King tinha um discurso de manifestação não violenta, o seu martírio, as suas ideias e os seus discursos contribuíram para o desenvolvimento da ideologia nacionalista negra e do movimento Black Power e ajudaram a popularizar os valores da autonomia e da independência entre as raças.

Em tempos idos, conhecida como o "Moisés do seu povo", Harriet Tubman foi escravizada, fugiu e ajudou outros a obter a sua liberdade como "condutora" no caminho-de-ferro clandestino. Tubman também serviu como batedora, espiã, guerrilheira e enfermeira do Exército da União durante a Guerra Civil.

Número de homens por mulher

O rácio homem-mulher em África, o rácio sexual à nascença, é normalmente de 105-107 homens nascidos por cada 100 mulheres. Na África subsariana, no entanto, é de cerca de 103-104 homens por cada 100 mulheres.

Nos Estados Unidos, a nível nacional, os Serviços de Recenseamento contam 88 homens negros adultos por cada 100 mulheres negras. Devido à disparidade dos números, algumas das mulheres negras dos Estados Unidos podem ter de encontrar o seu homem negro mielinizado em África. A responsabilidade do homem negro para com a mulher e a criança negras e a responsabilidade da mulher negra para com o homem e a criança negras é primordial.

Paisagem turística da vida selvagem

Existem 63 bacias hidrográficas transfronteiriças em África, cobrindo 64% da área terrestre do continente (UNEP 2010). A bacia do Zambeze é a quarta maior em África, depois das bacias do Congo, Nilo e Níger.

Os quatro principais rios de África são o Nilo (4.160 milhas), o Congo (2.900 milhas), o Níger (2.590 milhas) e o Zambeze (1.700 milhas). O Nilo é o rio mais longo do mundo.

No total, existem 157 parques em 11 países de safaris. Em Angola, destaca-se também o Parque Nacional da Kissama, situado a cerca de 75 km a sul de Luanda. Estende-se por quase 10.000 metros quadrados.

Alguns safaris em África incluem áreas de propriedade privada. A Reserva de Caça Mala Mala, na África do Sul, é conhecida pela sua extraordinária observação da vida selvagem e pelas suas acomodações paradisíacas; o Parque Nacional Mana Pools, no Zimbabué, oferece uma natureza selvagem intocada. Este parque sublime atrai aventureiros com a canoagem, uma forma popular de ver os animais; o Parque Nacional Serengeti da Tanzânia tem este impressionante parque que impressiona pelo seu grande número e variedade de animais selvagens.

Em termos de rios, a bacia do Okavango ocupa 1% do continente. É uma bacia endorreica, partilhada entre Angola, Namíbia e Botswana.

Atracções turísticas da Cidade do Cabo: O V&A Waterfront é o destino mais visitado da África do Sul, atraindo cerca de 24 milhões de visitantes por ano.

A deslumbrante topografia das Seychelles, com os seus recifes de coral, quedas, naufrágios e desfiladeiros, juntamente com a sua rica vida marinha, fazem deste um dos melhores locais de mergulho do mundo. Perfeito para mergulhar durante todo o ano, o destino tem locais de mergulho para principiantes e mergulhadores experientes.

As Seychelles são famosas pelas suas praias espectaculares e isoladas. Embora todas as praias das Seychelles sejam públicas.

O forte crescimento económico do Ruanda foi acompanhado por melhorias substanciais nos padrões de vida, com uma queda de dois terços na mortalidade infantil.

Passeio de gorila no Parque Nacional dos Vulcões: O Parque Nacional dos Vulcões é possivelmente o local de conservação da vida selvagem mais visitado do Ruanda. Todos os anos, milhares de visitantes internacionais afluem ao parque para ver os gorilas de montanha, bem como outras actividades populares na área do parque.

Pessoas estranhas

Este grupo de pessoas, que vive nas ilhas da Melanésia, no Pacífico, desafia literalmente todos os estereótipos contra os negros: têm cabelo louro. Situados a nordeste da Austrália, os melanésios têm pele escura, feições grandes e são originários de África.

O povo Mwila é um grupo étnico semi-nómada que vive no sul de Angola, na região da Huíla. O povo Mwila pertence, de facto, ao grupo étnico Nyaneka-Khumbi (Nhaneka-Humbe), que habita o planalto de Haumpata e as cabeceiras do rio Caculovar, no sudoeste de Angola, no Planato de Huila ou Província de Huila, uma província que recebeu o nome do povo.

O povo Mumwila é de origem Bantu, e diz-se que foi um dos primeiros povos Bantu a empreender a Grande Migração Bantu para a sua actual localização em Angola.

O swahili está "entre as 10 línguas mais faladas no mundo, com mais de 200 milhões de falantes, e é uma das línguas mais faladas em África". Tem palavras em comum com o kimbundu e até com o português, o árabe e o alemão, provavelmente devido às migrações, incluindo as das tribos bantu, bem como à colonização e a factores geográficos.

Existem várias monarquias em África, sendo o Lesoto e Marrocos alguns dos melhores exemplos.

Menelik II e Shaka Zulu são alguns dos poderosos reis africanos conhecidos.

A África também tinha rainhas, como se pode ver abaixo:

Nomes como

Amina, a rainha de Zaria, Nigéria

Kandake - a imperatriz da Etiópia

Makeda - Rainha de Sabá, Etiópia

Nefertiti - Rainha do antigo Kemet, Egipto

Yaa Asantewa – Reina de Ashanti, Gana

Também Nzinga (1583 - 1663) foi rainha do reino Ambundu do Ndongo.

Nomes notáveis como Samuel Daniel Nujoma, (nascido a 12 de Maio de 1929) é um revolucionário namibiano, activista anti-apartheid e político que foi o primeiro presidente da Namíbia com três mandatos, de 1990 a 2005.

Na história mais recente, o Rei Mandume ya Ndemufayo (1894 - 6 de Fevereiro de 1917) foi o último rei dos Oukwanyama, um subgrupo do povo Ovambo do sul de Angola e do norte da Namíbia, uma história de líderes desafiantes que se esforçaram por lutar por África.

Samora Moises Machel (29 de Setembro de 1933 - 19 de Outubro de 1986) foi um comandante militar e líder político moçambicano. Socialista na tradição do marxismo-leninismo, foi o primeiro presidente de Moçambique desde a independência do país em 1975. Machel morreu em 1986, quando o seu avião presidencial se despenhou perto da fronteira entre Moçambique e a África do Sul. Seguiu o destino estranhamente pouco saudável de alguns líderes africanos, que morreram misteriosamente ou tiveram vida curta, desafiando as opiniões ocidentais.

Angola: obrigada a mudar o sistema político para o capitalismo, a fim de obter o apoio de países como os EUA, que anteriormente apoiavam os rebeldes.

Por detrás das desgraças dos africanos, não só da escravatura, mas também do colonialismo e do neocolonialismo, estão muitas vezes os ocidentais.

Os culpados: A má governação também tem sido um obstáculo, enquanto a influência externa nem sempre pode ser controlada.

O objetivo de Marcus Garvey era criar uma economia e uma sociedade separadas, geridas por e para os afro-americanos. Garvey defendia que todos os negros do mundo deveriam, de alguma forma, regressar e contribuir para a sua pátria em África, que deveria ser libertada do domínio colonial branco, e fundou a Associação Universal de Melhoramento dos Negros (UNIA). Criada na Jamaica em Julho de 1914, a UNIA procurava alcançar o nacionalismo negro através da celebração da história e da cultura africanas.

James Emmanuel Kwegyir Aggreyir, conhecido como *Aggrey de África,* (nascido em 18 de Outubro de 1875), em Anomabo, na Costa do Ouro (actual Gana), filho da princesa Abena Anowa e Okyeame e do príncipe Kodwo Kwegyir, foi professor do Dr. Kwame Nkrumah, outro ícone do pan-africanismo, enquanto esteve no Colégio de Formação Governamental da Escola Achimota e expôs-lhe as obras de Marcus Garvey e de outros activistas dos direitos civis.

21 de março de 2023 Ativistas políticos Angolanos em protesto pediram para ficar em casa, para os 30 milhões de

pessoas não saírem para paralisar o governo, tornou-se quase uma cidade fantasma.

Uma banda muito famosa nos anos setenta lançou um álbum chamado black album. Décadas depois um cantor negro lança o álbum negro.

Durante o colonialismo a foto de um bebê com cauda estava nas carteiras de identidade de certos negros, que eram agrupados em assimilados e não assimilados conforme já tivessem substituído seus hábitos pelos colonialistas, também eram proibidos de falar suas línguas e obrigados a aprender dialetos ocidentais, francês inglês etc.

As tribos Khoisan na África são negras de pele mais clara, não apenas parecem semelhantes, mas dizem ter o fenótipo asiático. Pense nisso em animais, também se diz que o urso polar branco evoluiu do urso pardo.

A esposa de Moisés também era uma midianita considerada árabe, uma negra israelita.

Provavelmente todos abaixo eram pretos,

Os midianitas negros originaram-se de Abraão e Keturah.

Abraão e Sara nasceram em Ur, na Mesopotâmia, perto do rio Eufrates, onde ficava o jardim do Éden.

Esaú se casou com uma caananita que era negra, descendente de Noé, todos eles eram da linhagem de Jesus.

Mais tarde, negros foram jogados no mar atravessando o oceano no comércio de escravos, foram mortos por diversão em picknicks, (escolha um nick-negro) linchados.

FASE DE LIBERTAÇÃO DA ESCRAVATURA MENTAL

Invenções negras

Coisas que provavelmente não sabias que foram criadas por inventores negros:

Batatas fritas. George Crum trabalhou como chefe de cozinha numa estância de Nova Iorque.

Máscara de gás.

Caixa de correio de protecção.

Banco de sangue.

Semáforo de três luzes.

Camiões frigoríficos.

Microfone eléctrico

Caixa de velocidades automática.

As principais invenções negras incluem.

Caixa de correio (1891) - Phillip Downing.

Semáforo (1922) - Garrett Morgan.

Mudança automática de velocidade (1932) - Richard Spikes.

Secador de roupa (1892) - George T.

Portas de elevador automáticas (1887) - Alexander Miles.

Cadeiras dobráveis (1889) - John Purdy.

Forno de aquecimento a gás (1919) - Alice H.

Diz-se também que géneros musicais como o rock and roll foram criados por negros. Nas décadas de 1960 e 1970, surgiram os géneros funk e fusion. Na década de 1980, desenvolveram-se o hip-hop e o estilo de dança influenciado pela discoteca, conhecido como house music, e danças como o break dance.

Se ouvires o grupo cubano Club Social Buena Vista e a cantora cabo-verdiana Cezaria Evora, podes ver a semelhança entre a música cabo-verdiana Morabeza e o Bolero, um estilo musical cubano.

Estilos mundiais como rumba, samba, reggae, salsa, merengue, kizomba, afro, nija e muitos outros também foram criados ou influenciados pelos negros, assim como instrumentos como o cavaquinho, a marimba e outros.

Popularizada pela cantora Shakira, a canção *Waka Waka* era originalmente de um grupo chamado Camaronese e intitulado Zangalewa.

Embora os negros criem frequentemente, outras raças surgem na vanguarda da comercialização, relegando os inventores originais e assumindo frequentemente a propriedade como sua.

Ao comprares manteiga de amendoim hoje em dia, não sabes que o mesmo equivalente de amendoim moído, chamado *kitaba, existe* em África há séculos. Se souberes preparar fufu ou funge de mandioca juntamente com kissangwa ou vinho de palma, estás pronto para servir uma refeição a um africano. Disseste que querias que eu me aprofundasse mais, por isso aqui vai.

No desporto, são inúmeros os recordes de atletas negros, como Wilt Chamberlain com 55 ressaltos por jogo, Bill Russell com 11 títulos de basquetebol, Usain Bolt, Michael Jordan, Tiger Woods, Simone Biles, mesmo em desportos onde são minoria, destacam-se, um cenário de David contra Golias.

Contrariamente à crença popular, as origens da álgebra encontram-se na antiga Babilónia, no Egipto e em Atenas. As origens mais antigas conhecidas são o papiro matemático Rhind, escrito pelo escriba Ahmes (ou Ahmose) no Egipto por volta de 1650 a.c.

CURRÍCULO AFRICANO

Centra-se em questões africanas, economia, geografia e recursos, com base na geografia, no solo e no clima africanos.

A educação e os estudos africanos e os currículos devem incluir a história africana, a escravatura, o colonialismo, o neocolonialismo, os países e os seus líderes, as línguas africanas e o pan-africanismo, não esquecendo de realçar os efeitos negativos da globalização, ao mesmo tempo que ensinam, dando prioridade às necessidades do povo africano, colocando as nossas prioridades e o nosso povo em primeiro lugar para nos beneficiarmos a nós próprios.

Todos os alunos africanos devem conhecer pelo menos uma outra língua africana para além da sua própria língua africana. Línguas como o Swahili, o Kimbundu, o Lingala e o Xosa devem ser consideradas.

Temos de expandir a cultura para o exterior. E isso deve ser ensinado desde tenra idade. Temos de nos afastar das questões centradas no Ocidente e voltarmo-nos para as nossas próprias questões.

Se não te amares a ti próprio e à tua cultura, quem o fará? Não aprendas apenas a teoria, mas também as competências práticas:

Estudantes: Devem saber na prática como cultivar, como pescar, e também vários trabalhos manuais como carpintaria, soldadura, pintura, mecânica, costura, cozinha, etc.

A África deveria abrir as suas próprias fábricas, produzir os seus próprios automóveis e outras máquinas, abrir parques temáticos para desenhos animados e crianças e atracções como a Sun City.

Desenvolver a fitoterapia e os laboratórios africanos.

Quantos cientistas há em África?

Actualmente, África tem 198 investigadores por milhão de habitantes, em comparação com 428 no Chile e mais de 4.000 no Reino Unido e nos EUA. Se a África tivesse a mesma média que o Reino Unido, precisaria de 22.000 estudantes neste domínio.

Médicos por 1000 habitantes, por exemplo, em 2017, Angola tinha 0,2 médicos por 1000, a Maurícia 2,3, São Tomé e Príncipe 0,3.

De acordo com a agência das Nações Unidas responsável pela promoção da saúde pública internacional, o rácio de médicos per capita na Nigéria é de 0,3 por 1000 habitantes, o que é extremamente insuficiente. O país precisa de pelo menos 237.000 médicos, contra 4,0 em Itália e 3,9 em Espanha.

De acordo com a Comissão da Educação, a África Subsariana precisa de investir 175 mil milhões de dólares por ano até 2050 para apoiar o ensino secundário para todos. Continua muito longe dos 25 mil milhões de dólares que foram investidos no ensino secundário em 2015.

A despesa média com a educação - em percentagem do PIB - para 2020 em 14 países foi de 4,77%. O valor mais elevado registou-se na Namíbia: 9,41% e o mais baixo na Mauritânia: 1,89%.

Os expatriados devem chegar o menos possível e formar o maior número possível de locais, até que as suas competências deixem de ser necessárias e se tornem obsoletas, devendo todas as suas competências ter um prazo previsto para serem transferidas.

Evitar outras formas de colonização, a actual invasão da China que está a tomar conta de África, sem esquecer a Rússia, a criação de blocos comerciais como o Brisc, é um facto, os economistas africanos têm de estar atentos a novas estratégias ou planos económicos, e saber contra-atacar com medidas económicas, porque é uma guerra contínua.

É necessária uma lei que regule e limite a utilização de produtos para domar o cabelo e pretende proibir a utilização de cremes descolorantes.

Os planos de emergência para os africanos devem ser ensinados.

Se todas as lojas estivessem fechadas amanhã, bem como as estações de serviço, os bancos e não houvesse Internet nem electricidade, o que farias?

Como é que podemos descentralizar as cadeias alimentares? A actual dependência das cadeias de abastecimento alimentar dos supermercados e centros comerciais retirou o poder às pessoas. Temos de devolver o poder às pessoas, que devem tornar-se produtoras dos seus próprios alimentos, um sistema de microprodução; o governo tem de proteger os preços dos pequenos produtores e dar-lhes os instrumentos para serem competitivos. Além disso, ao encorajar a produção pessoal, as pessoas não ficarão reféns dos grandes supermercados e dos monopólios. Ao educar as famílias, teremos autonomia na produção de alimentos.

Isto também criará menos responsabilidade pelo envenenamento alimentar maciço a que África é susceptível devido à importação de alimentos. Além disso, o facto de controlares e teres a tua própria bebida e bebidas dará a mesma autonomia e soberania sobre o que vais beber, o que, de certa forma, também representa a revolução alimentar e a independência alimentar.

O mesmo se aplica à medicina: ao criarmos a nossa própria medicina, reduzimos o risco de sermos envenenados por vacinas e pandemias de outros continentes.

Não te esqueças que está em curso uma guerra biológica e uma guerra cibernética. As novas guerras serão ideológicas e intelectuais, o cérebro e a mão-de-obra determinarão o vencedor, que pensa mais do que o adversário. É importante que tomemos medidas para sermos proactivos e não reactivos; para planearmos com antecedência. É importante pensar fora da caixa porque em todas as facetas da economia e da sociedade estão a ser aplicadas estratégias.

Quando a rede e a Internet falharem ou houver um colapso económico financeiro, deves ter alternativas como manter algum dinheiro contigo, ter um plano de emergência em caso de crise ou pandemia, ter dinheiro alocado onde possas aceder sem ir ao banco.

Tem a tua própria fonte de alimentação e bebida para te tornares independente de uma crise alimentar no país, possui um terreno perto de um rio ou de um lago, porque é valioso nestes tempos.

Tem também uma rota de fuga não dependente de energia, de bicicleta, a pé ou por qualquer outro meio não dependente de energia, em caso de emergência. Tem um plano de corte de energia que inclua a forma de gerir as tuas actividades diárias.

É importante desenvolver um sistema de ensino em casa, que é eficaz em tempos de greve e cria adaptabilidade.

Todos devem ser responsáveis por desenvolver formas de ganhar dinheiro a partir de casa, para que, se perderes o emprego, saibas como sobreviver, incluindo ter um plano de reserva para o caso de teres de fugir do teu país, localidade ou região em tempos de crise.

Kit de sobrevivência

Alimentos de sobrevivência

Água

Habitação

Dinheiro

Banco

Transporte

Documentos

Tendas

Cultivo próprio

África precisa de criar o maior exército de pensadores

É importante que os africanos não se esqueçam que África será sempre o continente mais rico do mundo, porque Deus é justo e tudo o que foi retirado pela escravatura ou pelas guerras Deus compensou os africanos com mais recursos e minerais, só depende dos africanos investirem no conhecimento, todas as crianças devem aprender a avaliar os recursos como o ouro, os diamantes, etc.

Os adolescentes e as crianças devem também aprender desde cedo, mesmo no jardim-de-infância, sobre finanças, contabilidade e gestão do dinheiro.

As crianças têm de aprender a construir sistemas, a cumprir, a obedecer, a praticar a autodisciplina e a ter um sentido de comunidade em vez de individualidade. Outra forma de ajudar isto é criar trabalho de equipa desde tenra idade, bem como aprender as consequências das suas acções presentes. É importante sensibilizar os africanos para pensarem daqui a décadas e não daqui a séculos, porque a África tem sido atormentada por um sentido de agora e por uma falta de planeamento das consequências das nossas acções presentes - tomar decisões erradas agora afecta as gerações futuras.

É importante que os governos construam a Commonwealth para a sociedade, tais como fundos de recursos, programas financeiros e estruturais que visam criar qualidade de vida.

Cada africano deve ser ensinado a ser um embaixador do seu continente, do seu povo e da sua cultura em todas as partes do mundo.

Culturalmente, o aspecto da feitiçaria deve ser eliminado da espiritualidade africana, porque amaldiçoa o nosso próprio povo e continente. Com leis que protejam e encorajem o comportamento santo e punam o comportamento pecaminoso de acordo com a Bíblia Sagrada. Mas certifica-te de que o cristianismo não é visto como uma religião com um deus branco de olhos azuis e cabelo louro, embora no passado tenha sido muitas vezes mal utilizado por pessoas que o usaram contra nós, no entanto, é importante saber que Jesus não era branco e embora a Bíblia motive o amor, há pessoas que a usaram para as suas más intenções, mas isso não é culpa da Bíblia. O uso correcto da Bíblia para nosso próprio benefício só irá abençoar os africanos e os negros como um todo, para criar uma sociedade familiar coesa, um sistema justo de divisão, estabilidade emocional e espiritual, alcançar a salvação e a vida eterna após a nossa morte.

A África deve tornar-se o continente mais orante do mundo, mas também o mais trabalhador, o mais santificado e o menos pecador. Para isso, é preciso pôr em prática políticas que façam florescer estas medidas e evitem o contrário.

Ensina matemática, física, química, especialmente história africana, tudo sobre as múmias e os mistérios das pirâmides, é também importante que as crianças africanas conheçam os heróis africanos para que saibam o seu verdadeiro potencial e valor, para que conheçam a identidade da sua inteligência e das suas capacidades. Devem também conhecer os seus inventores e recordistas negros e acreditar em si próprios que o negro é belo, o negro é honrado e nunca aceitar que lhes digam o contrário, porque se puseres na tua mente e te programares que não és capaz: nunca conseguirás nada, por isso diz a ti próprio "sou negro e belo e posso conseguir tudo com as minhas orações, esforços, suor e Deus ao meu lado".

Cria a tua marca onde quer que vás, que a tua negritude não se desvaneça como uma semente incorruptível que afecta o mundo, onde quer que vás fá-lo com a tua autenticidade e individualidade.

Estimulemos e potenciemos a criatividade e a imaginação dos negros e dos africanos de todo o mundo com subsídios e fundos para promover e potenciar os inovadores em todos os domínios e áreas. A África deve ter uma agenda de inovação e criatividade para o próximo século, com objectivos a atingir por cientistas, designers, criadores e fabricantes de todos os bens conhecidos. É igualmente importante criar pensadores que desenvolvam o *status quo* e os mecanismos padrão utilizados actualmente para projectar a inovação à frente do nosso tempo. África tornar-se-á o continente mais desenvolvido do mundo.

Os slogans e o lema: "A África tornar-se-á o continente mais desenvolvido do mundo, somos belos, somos inteligentes, somos abençoados em nome de Jesus" devem ser ensinados e proferidos por todas as crianças em África, desde a mais tenra idade, todos os dias na escola, até que acreditem realmente nisso e comecem a comportar-se da mesma maneira, para que a profecia se torne realidade. Já vejo África como o continente número um do mundo, o mais poderoso, o centro do conhecimento, a descoberta com menos fome e pestilência e o lugar mais desejável para se viver na terra, isto é agora.

O Dubai está situado directamente no deserto da Arábia.

Constrói uma nova cidade no deserto. O Egipto está a construir uma nova capital, destinada a ser o novo centro administrativo do país e a albergar mais de 6,5 milhões de habitantes.

A nova capital ocupará uma área de 700 quilómetros quadrados, aproximadamente o tamanho de Singapura, e ficará situada a 35 quilómetros a leste do Cairo.

A cidade inclui um novo parlamento, um palácio presidencial, o maior aeroporto do Egipto, a torre mais alta de África, a maior casa de ópera do Médio Oriente, um distrito de entretenimento no valor de 20 mil milhões de dólares e um parque urbano gigante maior do que o Central Park de Nova Iorque.

Africanos, sonhemos em grande, sonhemos em bater recordes. O que quer que se faça no mundo, em todos os domínios, nós podemos fazer melhor, seja a nível científico, económico ou social. És um africano, és um negro, és um vencedor, que Jesus te abençoe e a todas as tuas gerações e te dê poder para cumprires a tua missão divina, o teu propósito e o teu destino, e que sejas uma luz na escuridão, que a tua pele negra brilhe, que sejas um diamante negro, que sejas um ouro negro, que te lembres que o negro é belo, que o negro é poderoso, que ser negro é sinónimo de inteligência e de força. Aleluia, ámen.

O resto do mundo tem os olhos postos em África, mas e nós?

Cuidado com a sabotagem à economia africana, lembra-te que a Black Wall Street foi incendiada por um bairro de empresários negros no passado, na América eles impedem a nossa raça de prosperar.

Estudos têm associado a propensão para o mal à pertença ao ADN de determinados grupos.

A monarquia britânica tem sido acusada em várias ocasiões de racismo e de ser culpada de vender minas terrestres a África, uma vez que a Princesa Diana fez campanha contra isso, há quem afirme que ela foi assassinada e que também tinha uma relação com uma pessoa não branca.

Não te esqueças que, na galeria da evolução humana em Inglaterra, os vestígios mais antigos de um britânico mostram que o primeiro britânico era negro de olhos azuis, chamado homem de Cheddar.

Lembra-te de que o objetivo não é apenas ser africano e evoluir, mas também não perder a tua alma quando morreres, por isso aceita Jesus e vive os caminhos do Senhor longe do pecado.

Os políticos devem respeitar as regras de transparência, amar o seu povo, dizer a verdade, não prometer em vão. É importante que os dirigentes saibam que são funcionários públicos e que não estão lá para enriquecer, que devem ter salários e habitações comuns e que devem enviar as suas famílias para escolas e hospitais locais e públicos, em vez de evitarem criar desenvolvimento viajando para procurar ajuda médica fora de África.

As despesas dos políticos têm de ser conhecidas publicamente através de uma base de dados, como acontece no governo sueco. Um político foi alvo de um escândalo por ter comprado fraldas e barras de chocolate com o cartão de crédito do governo e mesmo essa pequena quantia não é permitida. Alguns países e políticos regionais utilizam transportes públicos ou bicicletas para se deslocarem aos parlamentos e ficam em dormitórios simples, como apartamentos com áreas partilhadas, onde têm de lavar a roupa sem luxos, em vez de carros luxuosos.

A África tem de gastar mais do que os outros continentes se quiser subir na vida.

Desenvolve métodos de estudo mais baratos, na vizinhança ou em casa, para ajudar os sistemas de ensino regular.

O branqueamento da pele tem de ser uma coisa do passado, vamos proibi-lo por lei.

A África tem de liderar a revolução orgânica, a revolução da vida natural.

O turismo em lugares como as Seychelles, Madagáscar e as Maldivas oferece experiências paradisíacas.

O novo sistema africano de (troca) baseado em recursos alimentares e bens trocados para comprar e vender, basicamente um novo sistema económico, em vez de usar dinheiro para transacções; os bens podem ser trocados.

O objetivo deve ser a construção de 25 a 54 novas cidades como centros estratégicos de crescimento, que darão início à reestruturação arquitectónica do novo continente.

Mantenhamos os horários de trabalho equilibrados para que os membros da família tenham tempo uns para os outros e mantenhamos a tradição de comer juntos à mesa.

Como é que em todos os países há um museu do Holocausto e não há um museu da escravatura?

Provavelmente, estamos à espera que os homens brancos também o façam por nós, a África tem de se emancipar da escravatura mental, embora a África se tenha tornado independente geograficamente, precisa de se tornar independente intelectual e economicamente também, só um novo pensamento libertará a África, até as crianças têm de ser ensinadas na escola e na vida quotidiana os erros cometidos no passado que levaram ao colonialismo e à escravatura, bem como a falta de boa governação e de unidade, para os quais também contribuem, com estas lições aprendidas podemos aprender a não os repetir e progredir.

A história de coragem, não só os governos, as escolas e os meios de comunicação social, mas toda a sociedade tem de desempenhar um papel neste processo, com os pais a saberem que a educação em casa é fundamental e é o núcleo para construir o carácter e a educação necessários, uma vez que os primeiros anos de vida de uma criança são os mais importantes na formação da sua estrutura psicológica e mentalidade, onde as crianças não devem ser mimadas, mas disciplinadas para o futuro.

É necessário criar um programa para que as famílias estabeleçam um número obrigatório de horas, os pais e as famílias têm de passar algum tempo juntos por semana, ensinando cozinha africana activa nas escolas.

Presta atenção à estratégia de Willie Lynch no ambiente empresarial, aprende sobre a marcha do milhão de homens.

Empregar mulheres negras e não homens negros ou dar-lhes salários mais elevados para diminuir o poder dos homens e do agregado familiar tem de ser encarado como um ataque à família negra, e também o sistema de pagamento às mães solteiras que as motiva a permanecer solteiras é outro ataque.

Não deixes que a interacção artificial substitua a interacção humana, as crianças africanas adoram brincar umas com as outras, deixa-as também criar os seus próprios jogos. Não deixes os telemóveis durante o tempo em família ou durante as refeições, falar e ouvir é importante.

Investe em negócios comprovados que podem ser passados a outras gerações depois de teres morrido.

Não esperes que outras pessoas implementem as ideias deste livro, não perguntes quem vai começar porque essa pessoa és tu.

Lembra-te que quando investes o teu dinheiro em bens, ou no teu próprio negócio, é assim que crias riqueza, mas quando todo o teu rendimento vai apenas para pagar a renda e gastas em bens e serviços: estás na realidade a diminuir a tua riqueza, por isso tira sempre uma percentagem do teu rendimento para investir no teu próprio negócio e no dos teus entes queridos.

Como pessoa negra, não importa quanto dinheiro ganhes, se a maior parte do teu dinheiro não for investido para ajudar outras pessoas negras, não és uma pessoa de sucesso.

Já ajudaste um negro hoje?

Não ligues apenas para pedir coisas, pergunta-lhes como estão, como se sentem ou se têm algum problema.

Falaste com ou telefonaste a um negro hoje?

Estás a ver? Estás a ver? É isso que quero dizer.

Quando o teu irmão tem iniciativa, não comeces a dizer: "Oh, ele acha que é mais esperto do que os outros". Em vez disso, motiva-o, não é uma competição; os negros têm de se unir em vez de competir. Depois de o teu irmão te ter ajudado na vida, não o esqueças quando ele também precisar da tua ajuda.

Um homem que não aprende com os seus erros passados é um homem perdido. O comércio deve incluir as Caraíbas e ilhas como a Jamaica, as Bahamas, as Índias Ocidentais, as Bermudas e locais como o Haiti, entre outros.

A todos os negros do mundo, vamos acabar com o crime entre negros, tirando as armas e as drogas dos bairros negros e educando-os no amor.

A investigação mostra que os primeiros europeus eram negros há 40.000 anos e migraram de África, tendo a sua pele mudado devido ao clima.

Não há lugar como a tua casa. Se estás doente em casa, porque esperas que os teus familiares morram? Para chorares, alguns de vocês nem sequer vão ao funeral dos vossos pais, por isso cresce. *Kwanza* é um feriado celebrado nos EUA, a palavra significa *primeiro* em Swahili e é o nome de um rio em Angola, assim como a sua moeda, por causa do comércio de escravos existe uma cidade angolana e uma prisão nos EUA.

A África devia desenvolver campeonatos desportivos nos bairros e nas escolas desde tenra idade, devia ensinar a lidar com a textura do cabelo negro.

Para os homens negros, porque é que te cortas sempre completamente careca? A não ser que tenhas algum tipo de doença no couro cabeludo. Deus pôs tudo no corpo por uma razão, por isso cresce.

Ensina também nas escolas primárias os níveis de pH do cabelo, como hidratá-lo e mantê-lo longe de produtos químicos, como mantê-lo elegante e polido, como vestir-se com elegância, como ser biológica e culturalmente negro, como ensinar as crianças nascidas na diáspora a representar os países dos seus antepassados em competições internacionais. É assim que África pode recuperar o seu ritmo.

É preciso continuar a cultivar a tradição de que entre a família as tias são consideradas segundas mães e os tios segundos pais, assim como os mais velhos do bairro, todos os que lhes são próximos são família, mas é necessário implementar dinâmicas empresariais familiares e de bairro com a criação e o incentivo de empresas familiares e de bairro comuns nas comunidades onde os membros têm de contribuir com trabalho ou recursos. Depois, reparte a riqueza, para que os sobrinhos, sobrinhas e filhos trabalhem desde cedo nas empresas familiares e de bairro, com horários variáveis consoante a faixa etária e um sistema de remuneração estabelecido.

Todos os países precisam de criar uma instituição liderada pelos cidadãos que possa levar as instituições governamentais e mesmo o presidente a tribunal, através do voto popular, para regular as suas acções.

Ensina o pensamento crítico nas escolas, não apenas a memorização. A África está grávida e os bebés acabaram de nascer.

Abençoo África e todos os negros, bem como aqueles que são a nosso favor, e rezo por aqueles que são contra nós, para que todos procuremos a salvação seguindo os mandamentos de Jesus Cristo. Amém.

Dá este livro de presente a todas as crianças e pessoas negras que conheces.

Cada um ensina o outro.

Escrito por

Black Jesus

Jesus Negro.

Zhulu Bantu Yahweh.

(200 A.C.)

www.ingramcontent.com/pod-product-compliance
Lightning Source LLC
LaVergne TN
LVHW061342080526
838199LV00093B/6870